Sandro Onofri

Eines andern Schuld

SERIE PIPER

Zu diesem Buch

Ein ungewöhnlicher Kriminalroman, angesiedelt im Milieu der Vorstädte von Rom: Nachdem Laura ermordet aufgefunden wurde, ist ihr Ehemann Paolo zunächst der Hauptverdächtige. Und in der Tat hat er, vor Eifersucht und Enttäuschung außer sich, in blinder Wut auf Laura eingeschlagen und sie dann bewußtlos zurückgelassen. Doch immer mehr Indizien sprechen dafür, daß jemand anderes schuld ist an Lauras Tod, und je tiefer Paolo ihr Leben zurückverfolgt, um so deutlicher werden die Verstrickungen aller Beteiligten, die unaufhaltsam in eine Katastrophe führten. Diese Geschichte von Schuld und Sühne, von starken Emotionen und tödlicher Leidenschaft wird auf eindringliche Art nüchtern und lakonisch erzählt. Mit präziser und zugleich poetischer Sprache zeichnet Sandro Onofri auch ein Bild der italienischen Randgesellschaft.

Sandro Onofri wurde 1956 in Rom geboren, wo er heute lebt und Literaturwissenschaft unterrichtet. Er ist Mitarbeiter verschiedener Literaturzeitschriften sowie der Zeitung »L'Unitá«. »Eines andern Schuld« ist der erste Roman dieses preisgekrönten Autors auf deutsch.

Sandro Onofri
Eines andern Schuld

Roman

Aus dem Italienischen
von Peter Klöss

Piper München Zürich

Ungekürzte Taschenbuchausgabe
August 1999

Titel der italienischen Originalausgabe:
»Colpa di nessuno«

Umschlag: Büro Hamburg, Andreas Rüthemann
Foto Umschlagvorderseite: Antony Nagelmann
Satz: Ebner Ulm
Druck und Bindung: Clausen & Bosse, Leck
Printed in Germany ISBN 3-492-22830-5

ERSTER TEIL

BALD einen Monat ist sie jetzt fort. Oder nein, ganz so lang vielleicht noch nicht. Jedenfalls schon ziemlich lange. Verschwunden in einem Schweigen, das inzwischen zu einem anhaltenden Grollen geworden ist, dem gegenüber die wenigen Worte, die wir, gerade mal jeden zweiten Tag und immer per Telefon, in der Lage sind zu wechseln, nur eilig hinuntergeschlungene Häppchen zwischendurch sind, bevor wir erneut in Schweigen versinken, ich hier und sie dort. Nicht, daß wir uns böse oder aufeinander wütend sind, überhaupt nicht. So was passiert einfach, ich weiß. Sie ist nicht glücklich bei ihrer Mutter, und ich sitze hier in unserer Wohnung, mir zittern die Knie und verraten, wonach ich mich eigentlich sehne. Seit dem Donnerstag, als Laura fortging, sehe ich auch meinen Sohn nicht mehr. Und jeden Tag frage ich mich aufs neue, wann unsere verstrickten Seelen seine unbeschwerten Kinderspiele zum erstenmal als Bedrohung empfunden haben. Vielleicht wäre der Trick ja gewesen, ihn einfach beim Spielen zuzusehen, uns zu öffnen. Aber wir waren im Korsett unserer Ängste gefangen, aus dem wir zwar mit heiler Haut, doch nicht ohne Beulen herausgekommen sind.

Heute habe ich wieder einen Vertrag abgeschlossen. Ich werde immer besser, auch wenn Italo weiterhin unzufrieden mit mir ist. Er sagt, ich mache es mir zu leicht und sei nicht ehrgeizig genug. Das ist letztendlich offenbar das, was in unserem Geschäft zählt. Doch ich mache mir nichts draus. Ich habe ihm das Blatt mit der Unterschrift des Kunden gegeben und bin gegangen. Ganz langsam stieg ich die Treppe hinunter, atmete die frische Luft des Alleinseins ein und blieb dann am Eingangstor stehen. In diesem Moment kam ein Reisebus vorbei, die Touristen winkten mir hinter den Fenstern zu. Aber ich reagierte nicht, ungerührt sah ich zu, wie sie hinter der Ampel verschwanden. Auf dem Weg zu meinem Auto mußte ich still in mich hineinlächeln über dieses intime, fast verschämte Gefühl, das mich jedesmal überkommt, wenn ich mich ins Leben hineingezwängt sehe wie ein krampfadriges Bein in einen Stützstrumpf.

Ich bin nun schon seit längerem für die Arbeiter zuständig. Bei denen komme ich fast immer mit unterschriebenem Vertrag in der Tasche ins Büro zurück. Früher dagegen gab es einen Mißerfolg nach dem anderen. Italo, Lauras Onkel, der Inhaber der Anlageberatung, reservierte mir wohl mit Rücksicht auf seine Nichte die besser gestellten Personen: Geschäftsleute, Handwerksmeister, ein paar Beamte. Aber bei keinem hatte ich je Erfolg. Italo hat mich sogar einen Monat auf ein Seminar nach Mailand geschickt, damit ich rhetorische Tricks, psychologisches Geschick und die nötigen Verhaltensmuster lerne, mit denen man die Kunden überzeugt. Ich habe meine Ausdrucksweise verbessert, habe gelernt zu lächeln und im richtigen Tempo zu sprechen, was

Selbstsicherheit signalisieren und gleichzeitig den Kunden am Denken hindern soll. Ich habe auch begriffen, daß man an den Kunden dranbleiben muß. Den ersten Kontakt nimmt man am besten abends auf, wenn die Männer zu Hause sind. Die Männer sind nämlich immer am leichtesten zu überreden und nicht so mißtrauisch. Man überläßt es ihnen, die Ehefrau zu überzeugen, und ruft dann nach einem angemessenen Zeitraum noch einmal an, spätestens nach drei, vier Tagen. Das ist lang genug, um im Käufer den Verdacht entstehen zu lassen, man sei mit einer Menge anderer, wichtigerer Dinge beschäftigt, und wirkt dem Eindruck entgegen, die Angelegenheit liege einem zu sehr am Herzen; zugleich ist es aber kurz genug, um beim Kunden ein Abflauen der Begeisterung für das Neue zu verhindern.

Je mehr die Leute sich langweilen, desto bereitwilliger glauben sie einem. Das ist die Schlußfolgerung, die ich aus den ganzen Mißerfolgen gezogen habe. Aus eigener Initiative habe ich mir deshalb die Karteikarten der frisch Pensionierten vorgenommen. Ich dachte mir, daß ich sie am besten in der Übergangsphase zu fassen bekomme, wenn sie noch vollauf mit der Gestaltung ihres Tagesablaufs beschäftigt sind, wenn sie zögern, die Schwelle zum Alter zu überschreiten und sich vor dem plötzlichen Müßiggang fürchten. Dieses Niemandsland zwischen dem Leben und dem Tod zieht mich an, es stachelt mich an. Und so begann ich dort zu klingeln, wo die Männer häufig im Pyjama und ziemlich bedächtig die Tür öffnen, Männer, die ihren Ruhestand wie eine Krankheit gestalten. Keine Frage, solchen Leuten kann man viel leichter das Geld aus der Tasche ziehen, eine Illusion verkaufen.

Nie, nicht ein einziges Mal, habe ich Reue verspürt, weil ich sie betrüge. Im Gegenteil, ihre Bereitwilligkeit, an eine Finanztransaktion zu glauben, der sie nur kurz zuvor, als sie noch im Berufsleben standen, keine Beachtung geschenkt hätten, macht mich erst so richtig böse. Es ist ein Gewirr von Zögerlichkeit und Selbsttäuschung, das sie dazu verleitet, ja zu sagen. Dazu gehört nicht zuletzt die infantile und erbärmliche Illusion, jetzt, da sie nach Jahren und Jahrzehnten der Schufterei endlich den finanziellen Ausgleich, ihre Abfindung, erhalten, zum erstenmal in ihrem Leben ein Geschäft aushandeln zu können, wie sie es früher in der Firma bei den Leuten gesehen haben, die, stets elegant gekleidet, in ihren Limousinen vorfuhren und nie gegrüßt haben.

Sie spielen, und ihre alberne Naivität spornt mich nur noch mehr an. Ich schlage ihnen eine Geldanlage in gestreuten und in reinen Fonds vor, von denen ich nur allzugut weiß, daß sie sich innerhalb von zwei, maximal drei Jahren in Luft auflösen werden. Das kostet diese Leute dann zwar glatt die Hälfte ihres Vermögens, aber ich mache mir deswegen keine Gedanken. Außerdem, wenn nicht ich, dann würde es ein anderer machen, selbst wenn er nicht wie ich in der Lage wäre, die Denkweise dieser Leute zu verstehen und den richtigen Zeitpunkt abzupassen, an dem man attackieren und eine Salve perfiden Optimismus abfeuern kann.

Die Karteikarte, die ich heute morgen in meiner Tasche hatte, enthielt nur ein paar Grunddaten: GIUSEPPE DEODATI – 61 JAHRE – BERUF: ARBEITER – FIRMENZUGEHÖRIGKEIT: DATA OFFIX – IN RENTE SEIT: 24/5/1989 – ADRESSE: VIA DI DONNA OLIMPIA, NR. 5, AUFGANG B, WHG. 24.

Ich trat in den weitläufigen Hof zwischen den Wolkenkratzern – wie sie hier die Sozialwohnungsblöcke nennen – und überquerte ihn rasch. Ein kühler Regen fiel, prasselte auf die Blumenbeete und die Freitreppe des Vorbaus, doch es war, als würde er durch die Mauern wie von einem Polster gedämpft. Während die Geräusche an sonnigen Tagen ungehindert aus den Wohnungsfenstern über den Hof schallen, brachen sie heute urplötzlich hervor, wurden im gleichen Augenblick von der Stille verschluckt und hinter die rötlich erleuchteten Scheiben zurückgesogen.

Deodati, mit dem ich ein paar Tage zuvor telefonisch einen Termin verabredet hatte, öffnete mir selbst. Sofort entwickelte sich jene freundschaftliche Atmosphäre, die ich bei jeder Vertragsverhandlung herzustellen versuche. Das ist es ja gerade, warum ich jetzt so erfolgreich bin: Ich treffe stets den richtigen Ton, ich kann mich solidarisch und teilnahmsvoll geben, und wenn nötig spreche ich sogar Dialekt, um eine größere Vertrautheit zu erreichen.

Deodati führte mich ins Eßzimmer, wo sich seine Frau und ein junges Mädchen aufhielten, wahrscheinlich die Tochter. Sie spielte mit einem Kleinkind. »Was kann ich dir anbieten? Einen Whisky, einen Grappa?«

Schon die Tatsache, daß der Mann mich duzte, bewies, daß ich zumindest bis hierher gute Arbeit geleistet hatte. »Danke, nichts. Ich darf nichts trinken. Der Arzt hat es mir verboten. Gastritis.«

»Ach, zum Teufel mit den Krankheiten!« erwiderte der Mann solidarisch. »Die hab ich auch, die Gastritis. Das kann ja gar nicht ausbleiben, bei all dem Elend in der Welt.

Also kann ich dir nicht mal einen Kaffee anbieten ... Vielleicht ein Gläschen leichten Wein? Oder lieber einen Fruchtsaft! Was hältst du davon?«

»Ein Fruchtsaft wäre prima, haben Sie vielen Dank.«

Ein weiterer Trick besteht darin, die Leute immer zu siezen, auch wenn sie selbst einen mit »Du« ansprechen. Das weiß ich deshalb so genau, weil mein Vater jedesmal wütend wurde, wenn irgendein junger Fatzke im Schlachthof ihn duzte, und er andererseits eine instinktive Abneigung gegenüber den Typen empfand, die, wohl um Distanz zu wahren, gesiezt werden wollten. Giuseppe Deodati war mit Sicherheit wie mein Vater und sah die Dinge genauso. Er duzte mich, weil ich jung war, aber ich redete ihn besser mit »Sie« an, als Ausdruck des Respekts vor dem Älteren: Wer sich an diese Regel hält, kann davon nur profitieren.

Der Mann bat seine Frau, uns den Saft und einen Kaffee zu bringen, und sofort verschwand sie in der Küche. Das Mädchen spielte weiter mit dem Kind. »Wer hat Angst vorm schwarzen Mann ... Niemand ... Wenn er aber kommt ...« Sie tat so, als verstecke sie sich hinter dem Sofa, und jedesmal, wenn sie hervorkam und sich dem Kind zeigte, mußte sie achtgeben, daß sie sich nicht den Kopf an der Tischkante stieß, so eng war es. »Paß auf! ... Ich bin der schwarze Mann ... Huuuh ....« Sie trug ein graues Kittelkleid, das immer, wenn sie sich hinhockte und zum Aufspringen ansetzte, den Blick auf eine ihrer Brüste freigab. »Jetzt komme ich und hol dich ... Jetzt komme ich!«

Auf dem Sofa kauernd wartete der Kleine, bis die Mutter auftauchte, um dann vor Schreck und zugleich vor Freude einen Schrei auszustoßen. Dann mußte er so lachen, daß er Schluckauf bekam.

Anschließend warf sich die Mutter auf ihn, überschüttete ihn mit Küssen und biss ihn zärtlich in die Wangen, in die Knie und sogar zwischen die Beine. »Jetzt freß ich meinen Kleinen ... ich freß ihn ganz auf ...« Dann stand sie auf, um wieder zu Atem zu kommen, holte tief Luft, wobei sich ihr Brustkorb dehnte, und bereitete einen neuen Überfall vor, während das Kind auf dem Sofa wieder seine ängstlich gespannte Haltung einnahm. »Wer hat Angst vorm schwarzen Mann ...«

Ich zog das Anschauungsmaterial aus der Aktentasche und begann zu erklären, was es mit der von mir vorgeschlagenen Geldanlage auf sich hatte und welchen Gewinn sie ohne allzu großes Risiko bei mittlerer Laufzeit abwarf. Doch während ich sprach und dabei das schon Dutzende Male zuvor Gesagte mechanisch wiederholte, wurde ich von Deodati unterbrochen, der mit einer Handbewegung sämtliche Unterlagen beiseite schob. »Jetzt hör mir mal zu«, sagte er. »Damit wir uns recht verstehen: Ich habe vierzig Jahre in der Fabrik gearbeitet, um diese Summe beiseite zu legen. Es ist zwar nicht wenig, aber es reicht auch nicht aus, um meine Kinder vollkommen abzusichern. Ich habe sie«, sagte er und deutete mit dem Kinn auf das Mädchen. »Irgend so ein Nichtsnutz hat sie aufs Kreuz gelegt, und jetzt sitzt sie allein da mit dem Kind. Dann habe ich noch einen fünfundzwanzigjährigen Sohn, der mal hier, mal dort arbeitet und sich so durchschlägt, aber eine richtige, feste Stelle findet er einfach nicht. Bis jetzt geht alles noch ganz gut, weil ich und meine

Frau ja noch da sind. Aber ich mache mir Sorgen, was wird, wenn wir einmal nicht mehr da sind, und das kann in zehn oder zwanzig Jahren sein oder auch schon morgen ...«

Diesen Gedankengang habe ich schon wer weiß wie oft in exakt demselben Wortlaut von meinem Vater gehört. Wieviel würde mein Vater es sich wohl kosten lassen, meine Zukunft abzusichern? Eine Menge, das steht fest. Ich habe mit eigenen Augen gesehen, wie er eines Abends im Haus eines einflußreichen Funktionärs in Grottaferrata ein paar Millionen Lire auf den Tisch blätterte, um mir eine gute Stelle zu verschaffen. Deshalb wußte ich genau, was ich Deodati sagen mußte. Und ich sagte es mit sanftem Lächeln: »Dieses Geschäft ist ja gerade als Investition für die Zukunft gedacht. Die Gewinne fließen nicht gleich, sondern erst nach einer gewissen Zeit ...« Dabei war es so gut wie sicher, daß genau das Gegenteil eintreten würde.

Ich merkte, daß er schwankte, er blickte zu Boden. »Die Sache ist nur ...«, sagte er. »Ich kann doch offen mit dir reden, oder?«

»Sicher.«

»Es wäre einfach besser, noch ein bißchen zu warten. Mich jetzt von dem Geld zu trennen, ich weiß nicht, ob du das verstehst ... Da steckt mein ganzes Leben drin ... Und wenn es schiefgeht? Ich will damit nicht deine Aufrichtigkeit anzweifeln, um Gottes willen! Aber wir machen alle Fehler ... Kurz und gut, ich habe Angst ...«

Der Ärmste, ich hatte ein bißchen Mitleid mit ihm. Aber gerade wenn die Kunden so unschlüssig sind, muß man nachhaken. Wenn du sie in dem Moment ziehen läßt, gehen sie dir nie wieder ins Netz. Ich klappte meine Aktentasche zu und knöpfte meine Jacke auf. »Ich verstehe vollkommen«, erwiderte ich und tat ein wenig verärgert. Dabei sah ich ihm direkt in die Augen. »Daß Sie sich nicht entschließen können, hätten Sie mir aber auch am Telefon sagen können ...«

Ich sprach widerwillig, ließ es mir aber nicht anmerken. »Eins sollten Sie jedoch bedenken, Signor Deodati. Sie haben jetzt also Ihre Abfindung bekommen und auf die Bank gebracht, richtig? Wenn Sie sie dort lassen, ist sie bald weg, denn das Geld verliert an Wert, die Inflation frißt es vollständig auf. Schauen Sie, vor ein paar Monaten ist in einem kleinen Dorf bei Rieti ein fünfundachtzigjähriger Mann gestorben. Unter einer Fliese und zwischen den Matratzen versteckt haben die Verwandten ein Vermögen gefunden, das nichts wert ist: Fünfzigtausender, Hunderttausender, im ganzen drei- oder vierhundert Millionen Lire, aber es handelte sich um Banknoten, die schon vor Jahrzehnten aus dem Verkehr gezogen worden waren. Verstehen Sie? Was hat der Mann seinen Kindern nun hinterlassen? Nichts. Er hat sein Leben weggeworfen, er hat es begraben. Und alles nur, weil er nicht auf der Höhe der Zeit war.«

Diese Geschichte bringe ich jedesmal an. Und sie zieht immer. »Bei Ihnen liegt die Sache natürlich anders. Der Vergleich ist ein bißchen an den Haaren herbeigezogen, aber in gewisser Hinsicht vermittelt er eine Vorstellung von dem Risiko, auf das Sie sich einlassen, verstehen Sie?« Deodati stimmte mir zu. Gut. »Sie müssen Ihr Geld investieren. Also, was machen Sie? Schatzanweisungen? Zertifikate?

Aber wie wollen Sie wissen, ob nicht einer an die Regierung kommt, der sich eine neue Steuer ausdenkt, die all Ihre Zinsen auffrißt? Sie sehen doch selbst, daß die sich jeden Tag was Neues ausdenken. Wie können Sie da ruhig bleiben? Mit einer gestreuten Anlage dagegen haben Sie zusätzliche Sicherheiten, ich habe Ihnen ja schon erklärt, wie das funktioniert ...«

Auch die Anspielung auf die Politiker zieht immer. Es schafft eine gewisse Solidarität. Deodati seufzte, warf seiner Frau einen einvernehmlichen Blick zu und dachte eine Weile nach. Wäre er bei seinem Nein geblieben, hätte ich so getan, als ob ich verärgert oder sogar beleidigt wäre, und hätte ihm offen ins Gesicht gesagt, daß er meine Zeit stehle und meinen gutgemeinten Vorschlägen mißtraue.

Aber das war nicht nötig. Mit einem Ruck hob er den Kopf. Er hatte sich entschieden.

»Ich bin bereit, die Hälfte meiner Abfindung zu investieren, also rund dreißig Millionen. Aber ist die Anlage wirklich sicher? Garantierst du mir das?«

»Hundertprozentig«, antwortete ich. Ich wußte, daß Deodati nichts anderes von mir hören wollte als das. »Ich habe vier Jahre lang als Fleischauslieferer bei meinem Vater gearbeitet, ich weiß also, wie hart es ist, sich das tägliche Brot zu verdienen ...« Ich spulte meinen Text ab, fast ohne Ausdruck in der Stimme, doch der Mann bemerkte es nicht. Er mußte einfach daran glauben, um aus der Zwickmühle herauszukommen, in der er sich befand.

Der Trick besteht darin zu vergessen, daß man lügt. Es ist ganz leicht, man muß wie ein Schauspieler in seiner Rolle aufgehen und darf an nichts anderes mehr denken. Alles andere existiert nicht. »Ich könnte mich auch an wohlhabendere Leute wenden, meine Provision wäre die gleiche, und wahrscheinlich wäre es weniger Arbeit. Aber es würde mich nicht im gleichen Maß befriedigen.« Es ist unglaublich, daß die Leute an derartiges Geschwätz glauben können, doch sie tun es. Wenn ein anderer ihnen das erzählen würde, würden sie wahrscheinlich nicht darauf hereinfallen. Aber ich weiß, wie ich die Sache angehen muß, und ich habe noch nie danebengeschossen.

Draußen goß es immer noch, der Regen prasselte auf die Bürgersteige, und sein Rauschen wurde von den Arkaden im Hof verstärkt. Deodati stellte mir noch ein Dutzend weitere Fragen, und zwar fast in der Reihenfolge, in der ich sie erwartet hatte, so daß ich sie beinahe im Schlaf beantwortete, und schließlich war er überzeugt.

Er wandte sich an seine Frau, eine zierliche Person, die ich erst in diesem Augenblick genauer betrachtete. Sie saß halb in sich zusammengesunken da, doch ein Ausdruck heiterer Gelassenheit lag auf ihrem Gesicht. »Was meinst du, Elisabe'? Sollen wir's wagen?«

Die Frau lachte verlegen: »Also ... ich weiß nicht.«

»Müssen wir uns denn sofort entscheiden?«

Auch diese Frage hatte ich erwartet und daher schon die Antwort parat: »Aber woher denn! Im Gegenteil, ich rate Ihnen sogar, daß Sie sich nicht heute abend entscheiden, sondern noch ein bißchen darüber nachdenken. Mir ist bewußt, daß es nicht so einfach ist, die halbe Abfindung zu nehmen und sie mir von einem Moment auf den anderen zu überschreiben. Lassen Sie es sich in aller Ruhe noch einmal durch den Kopf gehen, und wenn Sie sich entschieden haben, rufen Sie mich wieder an. Nur …«, fügte ich hinzu, als erinnerte ich mich erst jetzt an ein Detail, »wenn wir nicht diese Woche kaufen, könnte es passieren, daß die Kurse dann gestiegen sind. Der Markt ist inzwischen übersättigt, die Nachfrage ist hoch, und bekanntlich steigen dann die Preise …«

Noch ein letzter Blick zwischen Mann und Frau, dann wurde unterschrieben, und anschließend gab's ein Gläschen, um die Sache zu begießen. Von diesem Augenblick an fiel Giuseppe Deodati nicht mehr in meinen Zuständigkeitsbereich, die Angelegenheit wurde ins Kundenbüro weitergeleitet, wo wenig zimperliche Leute arbeiten, die genauso freundlich sind wie ich, nur ein bißchen kürzer angebunden.

HEUTE nachmittag kam ich früh nach Hause und fand wie gewöhnlich einen Zettel auf dem Küchentisch. Ich las ihn nicht einmal, ich weiß mittlerweile auswendig, was darauf steht: »Tut mir leid, aber ich hab's nicht geschafft, dir etwas zu kochen. Ich schlafe heute bei meiner Mutter. Davide ist bei mir. Ciao. Laura.« Zunächst bin ich immer sehr erleichtert, obwohl ich weiß, daß mich gleich darauf die Sehnsucht packt und nicht mehr losläßt.

Die Füße auf dem Tisch und die Hände im Nacken verschränkt, saß ich eine Zeitlang in der Küche und dachte nach, bis mir Hals und Fersen so weh taten, daß ich aufstehen mußte. Ich ging hinunter in die Rosticceria an der Ecke, wo Lastwagenfahrer mit einer Menge Kilometer und Zigaretten intus ein Päuschen einlegen, in Gruppen zusammensitzen und sich – jeder in einem anderen Dialekt – Abend für Abend dasselbe Leben erzählen.

Auf der Straße war kein Mensch zu sehen. Ich wohne in einem Neubauviertel mit schnurgeraden, öden Straßen und Dutzenden, wenn nicht Hunderten zweigeschossigen Häusern. Alle scheinen gleich groß und nach demselben Bauplan errichtet zu sein. Die Bäume, die die Straßenränder säumen, hatten noch keine Zeit zum Wachsen, die Bürgersteige sind an manchen Stellen ungepflastert, und es gibt noch dunkle Lücken und freie Flächen. Weiter hinten, zur Eisenbahn hin, kann man kleine Gärten erkennen, in denen die gepflanzten Blumen bereits zu welken beginnen. Ab und zu ragt unvermittelt ein Kran ins Blau, seine Umrisse zeichnen sich gegen den Himmel ab, der von einer übermäßigen Sonne geschürt wird, so vulgär wie die Rülpser der Lastwagenfahrer, die sich im Schnellrestaurant fläzen.

Die Wirtin weiß mittlerweile Bescheid, ich komme fast jeden Abend. Sie fragt: »Wie immer?« und füllt eine Tüte mit Hähnchen, ohne die Antwort abzuwarten. Oft leert sie das Blech mit den Bratkartoffeln und packt sie zum Hähnchen, ohne sie zu berechnen. Sie ist noch jung, und meiner Ansicht nach ist sie unverheiratet. An einem der nächsten Abende will ich bleiben, bis sie das Lokal schließt, mal sehen, was dann passiert.

Ich aß im Stehen vor dem Fernseher. Es war jetzt Nacht. Von den gegenüberliegenden Häusern sah man nur hier und da ein erleuchtetes Fenster, ganz willkürlich, ansonsten nichts als Stille und Dunkelheit. Ab und zu durchschnitt das Geräusch eines Mopeds oder Autos ohne Auspuff die Luft und verlor sich als langgezogenes, leicht näselndes Klagen in der Ferne. Das Fernsehen brachte Bilder aus Jugoslawien, Trümmer von Mauern und weit entfernten Welten, die mich nichts angehen. Ich schaltete aus und rief Laura an. Sie meldete sich mit schläfriger Stimme, sie wollte gerade zu Bett gehen. Ich fragte sie, ob sie morgen nach Hause käme, und sie antwortete, vielleicht. »Davide geht es jedenfalls gut«, fügte sie hinzu. »Er schläft jetzt.« Dann hängte sie sofort ein, aus Angst, ich könnte die Unterhaltung fortsetzen wollen. Ich ging in die Küche zurück, schaltete den Recorder ein und legte eine alte Kassette von Bruce Springsteen ein. It's the same old story, sang er. Draußen vor dem Fenster pfiff der Wind, hinter der Eisenbahnlinie hörte ich einen Hund ein einziges Mal bellen, ich spürte den Geruch von abgestandenem Meerwasser aus dem Fluß aufsteigen.

Ich muß einige Minuten auf dem Sessel eingenickt sein. Als ich die Augen öffnete, begriff ich zuerst nicht, wo ich war, zu neu und zu leer waren diese Wände, auf die das blendende Weiß des Neonlichts knallte. Laura wollte nicht einmal ein kleines Bild oder einen Kalender aufhängen, nichts. Die Kassette war zu Ende, die Auto-Reverse-Funktion hatte sich schon eingeschaltet, doch nur ein dichtes Rauschen war zu hören, denn die zweite Seite hatte ich nie bespielt. Ich überlegte, daß es inzwischen schon ziemlich viele Abende waren, die ich so verbrachte: Laura hat sich bei ihrer Mutter einquartiert, mit meinem Sohn spreche ich nicht einmal am Telefon, und die Arbeit läuft auf Hochtouren. Heute habe ich wieder einen Vertrag abgeschlossen. Ein Leben wie eine Stahlkugel.

VIELLEICHT ist es jetzt an der Zeit, die Luftschlangen abzuhängen, Pappnasen und Masken einzusammeln und sie allesamt in die Kiste der vergangenen Feste zu werfen. Doch erinnere ich mich noch gut an den Anfang unserer Geschichte, die Laura schrieb und die ich nur abschrieb, daran, wie wir begannen, miteinander und getrennt zu leben. Es war an einem Tag vor acht Jahren. Ich hatte gerade zum hundertstenmal einen der Jobs, mit denen ich mich durchs Leben schlug, verloren und einen Prozeß wegen Körperverletzung hinter mir, und so hob ich das bißchen Geld, das ich trotz allem angespart hatte, von der Bank ab und flog in die Vereinigten Staaten. Wozu, wußte ich nicht. Ich brach auf, und das allein hielt ich für die vernünftigste Entscheidung, die ich treffen konnte, um das verworrene Geflecht kleiner Unvorhersehbarkeiten zu zerreißen, mit denen ich meine Existenz bespuckte, seit ich meine sinnlose Schulzeit beendet hatte. Mag sein, daß ich mit dem heimlichen Vorsatz fortging, irgendeinen Fehler zu begehen, der mir wie auch immer gestatten würde, den Sumpf aufzuwühlen und wieder einen Kontakt zu meinen gelangweilten Schutzengeln herzustellen. Als ich im Flugzeug endlich Rom unter meinem Hintern weggleiten sah, seufzte ich befreit auf.

Eine Woche später war ich schon wieder drauf und dran, die Koffer zu packen, um nach Hause zu fahren. Trunken vor Einsamkeit hatte ich mich von einem Kasino in Las Vegas aufsaugen lassen, von einem dieser Jahrmärkte für einsame Seelen. Ich begann einfach so, warf ein paar Münzen in die Spielautomaten, doch dann blieb ich in jenem tiefen Frieden hängen, den das Spiel verleiht. An Automaten, Poker- und Black-Jack-Tischen verlor ich innerhalb weniger Tage mein ganzes Geld. Am Morgen meiner Abreise, nach einer Nacht, in der ich zuerst so reich und dann so arm wie noch nie im Leben dagestanden hatte, war ich vollkommen gelassen. Ich war erfüllt von jenem müden Freiheitsgefühl, das einen nach einer langen Krankheit überkommt, wenn man erschöpft und weit weg ist und doch eine unbändige Neugier verspürt.

Als ich das Kasino verließ, war es sieben Uhr morgens, und die verlassenen Straßen flimmerten unter der schon hochstehenden Sonne. Das Wasser, das die Tankwagen auf den Bürgersteigen versprühten, verdampfte, sobald es den Boden berührte. Es war wie in einer gigantischen Sauna. Nur ein paar alte Männer und einsame alte Damen brachten die Automaten in den riesigen Spielhallen der Kasinos zum Klingeln. Die Reinigungskräfte der Frühschicht, fast alles Indianer aus der nahen Moapa-Reservation, irrten verschlafen herum und lasen teilnahmslos die Kippen, Bierflaschen und die Plastikbecher vom Boden auf, in denen die Spieler in der Nacht die gewonnenen Münzen aufbewahrt hatten.

Ich konnte mich noch ein wenig ausruhen, bevor ich mein Hotelzimmer räumen mußte, dann ging ich zu einem *Value* in der Nähe, mietete den billigsten Wagen und fuhr los. Ich wollte nach San Francisco, wo ich genug Geld für die Rückreise verdienen konnte. Wahrscheinlich lag es an der Müdigkeit, die ich in der Nacht zuvor am Black-Jack-Tisch angehäuft hatte, daß ich auf halbem Weg mitten in der Wüste anhielt. Ich wußte nicht, was ich tun sollte. Rings herum nur die unermeßliche Weite roter oder auch gelber Erde und endlose, breite Straßen, deren von der Sonne ausgeblichenes, fast himmelblaues Grau eine unermeßliche Ebene aus staubigen Büschen durchschnitt.

Las Vegas mußte inzwischen gut hundert Meilen hinter mir, Kalifornien ebenso weit vor mir liegen. Soweit das Auge reichte, war nichts zu sehen außer jener unendlichen Weite lodernder Erde, weit und breit kein einziges Auto. Hier, von der Wüstensonne niedergestreckt, zu sterben, wäre keine Tragödie, überlegte ich. Auch ich würde dann in den natürlichen Kreislauf zurückkehren, wie all die anderen Lebewesen, die, vom Zorn jenes Himmels verbrannt, sich gefügig auf den Boden gelegt hatten und in friedlicher Einsamkeit dahingeschieden waren. Die weißen Steine, die hier und da aus dem Sand hervorstachen, waren in Wirklichkeit Knochen, die Wind und Sonne glattgeschliffen und gesäubert hatten. Alles sah gleich aus: die Steine, die kleinen Vogelskelette und die dürren Äste. Alles gleichermaßen weiß und glitzernd.

Es war stärker als ich, ich legte mich im Schatten einer Düne, deren Kamm ein Stückchen der bereits untergehenden Sonnenscheibe ausstach, in den Sand und schlief ein.

Ich schlief etwa eine Viertelstunde. Als ich aufwachte, sah ich neben mir einen schwarzen widerlichen Vogel mit schmierigem Gefieder und schuppigen Krallen, der sich wie ein Huhn bewegte. Ich sprang auf und stieg wieder ins Auto, während der Rabe hinter mir herlief und nach dem Sand pickte, den ich mir im Laufen aus den Kleidern schüttelte.

Nach ein paar Minuten, während ich in der immer tieferen Abenddämmerung fuhr, sah ich Lichter in der Ferne. Näherkommend erkannte ich den flachen Bau einer Bar mit zwei Lampen am Eingang. Auf dem großen staubigen Platz davor standen zwei Zapfsäulen, die früher einmal rot gewesen sein mußten, und ein halbzerfetzter Stuhl ohne Lehne. Auf einer Seite hob sich ein riesiges Schild gegen eine silbrig glänzende Felswand ab: *Visit the Bunny's Ranch! The best brothel of Nevada!*

Nach der glühenden Hitze war es jetzt angenehm still und kühl. Ich parkte das Auto zwischen den einzigen beiden anderen Fahrzeugen auf dem Platz, betrat das Lokal – und wie in einem Film aus den vierziger Jahren lernte ich dort Laura kennen. Ich hatte die Absicht, nur eine Nacht zu bleiben, doch obwohl ich nur zu gut wußte, daß ich nicht das Geld hatte, um das Hotel zu bezahlen und noch weniger die Vergnügungen, die ich mir auf die Rechnung setzen ließ, blieb ich eine ganze Woche. Ich scherte mich nicht darum, ich hatte gelernt, mich erst dann mit Problemen auseinanderzusetzen, wenn sie über mich hereinbrachen, nicht eine Minute früher. Als ich es Laura sagte, hatte ich Hotel-, Nutten- und Restaurantschulden in Höhe von fast vierhundert Dollar angehäuft und rechnete damit, daß sie die Polizei rufen oder, schlimmer noch, mich von einem ihrer muskelbepackten Freunde, die ab und zu im Lokal auftauchten, verprügeln lassen würde. Statt dessen schlug sie mir lächelnd vor, für sie zu arbeiten. Sie brauchte einen Mann für die schweren Arbeiten, und ich konnte mich nützlich machen. Ich willigte sofort ein.

In einem Wohnwagen hinter der Garage richtete ich mich ein. Ich arbeitete, und sie bezahlte. Das war alles, zumindest in der ersten Zeit. Anfangs sprachen wir Englisch miteinander, wie zwei echte Amerikaner oder wie zwei, die es Gott weiß woher und warum an diesen Ort verschlagen hatte. Wir stellten uns keine Fragen. Laura gab mir jeden Morgen Anweisungen, und den Rest des Tages beachteten wir uns nicht weiter. Sie fragte mich nie nach dem Grund, warum ich in Amerika war oder wie ich ausgerechnet an diesem Ort gelandet war. Und ich hielt es ihr gegenüber genauso.

Sie lebte wie für alle Ewigkeit hinter einer Tür, lebendig in sich selbst eingemauert. Eine schweigsame Nonne, die sich dem Leben und der Welt entzogen hatte. Mit dem Selbstbewußtsein einer strengen Mutter bewegte sie sich in dem großen Saal voll allzu aufgekratzter Männer, und rot wie die Erde draußen glänzte ihr Haar im Licht der über den Billardtischen baumelnden Scheinwerfer.

Sie konnte es gut mit den Kunden. Sie lächelte die Männer an, erregte ihre Lust mit kunstfertig gemessenen Blicken, brachte sie so richtig in Fahrt und geleitete sie dann persönlich über die dunkle, nach Holz riechende Treppe, die auch ich die ersten Male hochgestiegen war, in den ersten Stock, wo die Mädchen waren.

Ich habe allerdings nie gesehen, daß sie mit jemandem mitging. Ihr Lächeln und ihre Worte gewährte sie nur in dem Maß, als ihre Arbeit als Chefin eines Stundenhotels es unbedingt erforderte. Nicht mehr und nicht weniger. So verhielt sie sich allen, auch mir gegenüber. An manchen Tagen arbeiteten wir von morgens bis abends Seite an Seite zusammen, um Bestellungen auszuführen oder die Kunden zu bedienen. Aber wir sprachen nur dann miteinander, wenn es absolut unumgänglich war, sonst nicht. Nach Feierabend schloß Laura sich in ihr Zimmer ein, um die Einnahmen zu zählen und die Bücher in Ordnung zu bringen. Ihr Zimmer lag im hinteren Teil des Gebäudes und wurde von einem Lämpchen nur schwach erhellt. In einer Wand war ein großes Fenster eingelassen, das vom Lokal aus wie ein Spiegel aussah und durch das sie kontrollieren konnte, wer hereinkam, ohne selbst gesehen zu werden. In dieses Zimmer verzog sie sich mit einem Exemplar von »Vegas Today«, vor sich die aufgeklappten Hefte, während ihr ein voll aufgedrehter Ghetto-Blaster die Klänge eines Rocksongs in die Ohren hämmerte. Konzentriert und fix wie eine Schülerin, die viele Hausaufgaben aufhat, rechnete sie mit den Fingern und wurde wütend, wenn jemand sie dabei störte.

Erst nach mehreren Monaten suchte sie auch außerhalb der Arbeitszeit Kontakt zu mir und fing an, mir beiläufig Fragen über mein Leben und über Rom zu stellen. Manchmal, wenn ich in meinen Wohnwagen zurückkam, nachdem ich einen Wasserhahn oder eine Tür repariert hatte, merkte ich, daß in meinen Schubladen etwas nicht stimmte. Vertauschte Hefte, Briefe, die jetzt anders verschlossen waren, als ich sie zurückgelassen hatte, zerwühlte Kleidungsstücke, und ein vager, vielleicht nur eingebildeter Duft nach ihr. Schließlich suchte sie mich auch auf, wenn ich mich gerade ausruhte. Unvermittelt trat sie ein, setzte sich neben mich und begann zu sprechen, endlich auf italienisch. Aber sie erzählte mir nie, kein einziges Mal, weshalb sie hier gelandet war, weshalb sie diese zehntausend Kilometer zwischen Rom und Las Vegas und noch darüber hinaus zurückgelegt hatte.

Eines Abends rief sie nach mir. Sie hatte Lust auf einen Spaziergang, und so gingen wir zu Fuß die Straße entlang, die die Wüste durchschnitt. Es war Oktober, das Kommen und Gehen der Hotelbesucher schien nachzulassen, und es herrschte eine tiefe Stille. Die Sonne war bereits hinter dem Sunrise Mountain verschwunden, der um diese Uhrzeit flammend rosa wurde, und das letzte Licht tauchte die Ebene ringsumher in ein silbriges Blau. Hier und da glänzte ein aus der Erde ragender Stein, glattpoliert wie ein Stück Metall. So weit das Auge reichte, war die weiße ausgedörrte Erde von Rissen überzogen, ein endloses Spinnennetz aus Äderungen. Es war, als befände man sich inmitten einer dieser alten zerknitterten Fotografien, wie man sie im Portemonnaie vergißt.

Arm in Arm wie zwei alte Herrschaften gingen wir ein gutes Stück, ohne viele Worte zu wechseln, und als wir weit genug gekommen waren, setzte sich Laura mit gekreuzten Beinen auf den Boden. »Es ist warm«, lächelte sie, »aber mich fröstelt, als ob es kalt wäre.« Sie warf den Kopf nach hinten. »Wie am Abend nach einem Tag am Meer. Weißt du noch? Die Haut spannt, und man ist müde wie nach einer durchzechten Nacht.«

»Und ob ich mich daran erinnere. Bis vor ein paar Monaten habe ich solche Dinge ja noch erlebt.«

Seite an Seite saßen wir da, ohne etwas zu sagen. Aus der Ferne drang die Musik aus der Jukebox zu uns, die irgend jemand im Hotel angestellt hatte, aber sie war so leise, daß sie von den Sternen zu kommen schien.

Plötzlich drückte Laura meine Hand. »Morgen fahren wir nach Las Vegas und nehmen den ersten Flug nach Italien. Den erstbesten, auch wenn wir zehnmal zwischenlanden müssen. Wir gehen zusammen fort. Ich bezahle alles.« Sie sprach halblaut, als dächte sie nach.

»Bist du sicher?«

»Ganz sicher. Punkt, neuer Absatz.«

Gleich darauf kehrten wir ins Hotel zurück. Laura schien ganz aufgewühlt zu sein. Ich hatte sie noch nie so nervös gesehen, meine Chefin. Sie schickte die Mädchen weg, verriegelte die Tür des Hotels und schloß sich in ihrem Zimmer ein, ohne sich auch nur von mir zu verabschieden.

Ich hatte einige Mühe, Ordnung in all die Sachen zu bringen, die kreuz und quer in dieser Rumpelkammer verstreut lagen, die so viele Monate mein Schlafzimmer gewesen war. Ganz langsam sammelte ich meine Sachen ein und begann lustlos, sie im Koffer zu verstauen. Ich setzte mich auf die Fensterbank. Die Sonne war schlagartig untergegangen, die Sträucher auf dem Platz vor dem Hotel waren jetzt nur noch kleine schwarze Flecken.

Ich war mir absolut nicht im klaren darüber, ob alles so

lief, wie ich es wollte. Ich legte den offenen Koffer aufs Bett, fing an, meine Hemden hineinzuwerfen, und hielt inne. Ich setzte mich, stand wieder auf, ging erneut zum Fenster, legte mein Gesicht an die Scheibe, gerade, als eine Gruppe aufgebrachter Männer gegen die Bartür zu hämmern begann. Sie waren wütend und drohten damit, die Scheiben einzuschlagen. Doch so sehr sie auch brüllten, ihre Stimmen verloren sich in der übermenschlichen Weite der Wüste und drangen schwach und von ferne herüber, wie das Rascheln der vom Wind mitgerissenen Salbeibüsche oder die vereinzelten Vogelrufe, die von irgendwoher zu uns drangen. Einer, der abseits von den anderen an der Motorhaube lehnte, schälte eine Apfelsine.

Ein Jahr nach unserer Rückkehr nach Rom wurde Davide geboren. Jene Monate verbrachte ich damit, ihr einfach zuzusehen. Ich sah, wie sie, durch die Schwangerschaft erschöpft und schwer geworden, lebte, und ich wurde dessen nie überdrüssig. Abends wollte sie, daß ich meine flache Hand auf ihren Bauch legte, der mit jedem Tag mehr anschwoll und härter wurde. Bestimmte Bewegungen waren ihr unmöglich geworden, und deshalb beklagte sie sich manchmal über dieses unerträgliche Leben, das sie entstellte, Waden und Augen anschwellen und sie an den Hüften rund werden ließ.

Aber mir gefiel sie besser so. Es erregte mich zu sehen, wie sie dazu gezwungen war, obszöne Haltungen einzunehmen, sich breitbeinig hinzusetzen, ihre durch die plötzlich aufgetretene Zellulitis der Jungfräulichkeit beraubten Schenkel und ihr angeschwollenes Geschlecht, das gegen den Slip drückte, vorzuzeigen. Sie war schöner. An heißen Nachmittagen setzte sie sich wie ein zahmes kleines Hündchen, mit verschränkten Armen und sanften, wegen der Sonne zusammengekniffenen Augen, auf den Balkon, um, wie sie sagte, den Leuten beim Leben zuzusehen. Sie langweilte sich nicht. Sie überließ sich ganz dem Rhythmus dieser stundenlangen Ruhepausen. Oft trug ich die Teller mit der Suppe hinaus auf die Loggia, und wir aßen draußen, den Napf in der Hand und das Weinglas neben uns am Boden. Es war ein schönes Gefühl, die Leute gingen vorbei, hoben den Kopf und grüßten uns gerührt, fast anerkennend.

Die Tatsache, daß sie ein Kind bekam, führte dazu, daß sie durchdrehte, ob aus Freude oder aus Wut ist schwer zu sagen. Innerhalb kurzer Zeit wurde sie häßlich und mager. Ihre glanzlosen Augen lagen tief in den Höhlen. An den Schläfen schossen urplötzlich zwei weiße Haarsträhnen hervor. Als ob mit dem Kind ein Wurm in ihr zum Keimen gebracht worden wäre, der sie aufzehrte und alle Lebenskraft aus ihr heraussaugte. Ich hatte Lust, sie anzuschreien. »Ist es denn derart zermürbend, Leben hervorzubringen? Ist die Mutterschaft ein so schreckliches Wunder?« hätte ich sie am liebsten gefragt. Doch ich schwieg, riß mich zusammen und fuhr fort, wie ein ohnmächtiger Zuschauer ihrer Metamorphose beizuwohnen. Ich versuchte sie aufzurütteln, ihr zu sagen, daß wir noch nicht angekommen waren, daß der Weg noch lang und der geschützte Winkel, in dem sie haltgemacht hatte, in Wahrheit eine Falle war, eine Fata Morgana, die Höhle des Löwen. Doch umsonst. Laura schloß sich immer mehr in ihrer Erschlaffung ein.

Mit jedem Tag wurde sie ihrer Mutter ähnlicher. Eine Ähnlichkeit, die eine Narbe war. Sie verbrachte ihre ganze Zeit mit der Mutter, sie befolgte ihre Ratschläge, vergeudete das Leben mit dem gleichen verpuffenden und nie belohnten Eifer wie Signora Ida. Man mußte sie sehen. Ich hatte noch nicht bei Italo angefangen, ich schlug mich mit Jobs durch, verdiente aber nicht viel. Doch bei Laura wurde die Armut immer mehr zu einer Zwangsvorstellung. »Es ist eine Sünde, diese Gottesgabe wegzuwerfen«, sagte sie und aß das alte Brot und die vergammelten Äpfel. Mit sicherer Hand und dem Geschick eines Chirurgen operierte sie mit der Messerspitze den faulen, matschigbraunen Teil heraus und aß den Rest.

Mit der Zeit begann sie Kleider anzuziehen, die sie auf dem Markt gekauft hatte, spottbillige Kleider aus Synthetik, die immer nach Zwiebeln und nasser Wolle rochen. Sie stellte sich auf der Post an, um das bißchen Geld einzuzahlen, das sie sparen konnte, verbrachte Stunden auf dem Markt, um den billigsten Stand ausfindig zu machen. Von jedem Artikel wußte sie, wo er am wenigsten kostete. Manchmal war der Preisunterschied geradezu lächerlich, und ich fand dieses verbissene Spargehabe absurd. Es ging nicht wie bei armen Leuten zu, sondern wie bei den Ärmsten der Armen, einfach erbärmlich. Aber Laura hatte Idas Liebe wiedergefunden und lief ihr mit der unermüdlichen Energie eines kleinen Mädchens hinterher, das bei der Mutter eine Bestätigung der eigenen Schönheit sucht. Jene Laura, die ich während meines verrückten Urlaubs in den Vereinigten Staaten kennengelernt hatte, war eine Erscheinung gewesen, die zwischen dem Staub und dem Gelb der Felsen erblüht war, eine rauhe Wüstenrose ohne Geschichte und ohne Erinnerung. Angesichts dieser atemlosen, verzweifelten Glückseligkeit blieb mir nichts, als mich zu ergeben.

Schon bald nach der Geburt des Kindes fing sie abends wieder damit an, ich solle sie berühren, und ich machte dann das Licht aus, damit ich ihren erschlafften und eingefallenen Körper nicht sah und meine Verlegenheit verbergen konnte. Ich versank sofort zwischen ihren Beinen, in ihrem warmen und dunklen Geruch. Ich trank ihre Lust und brachte es fertig, sie zu täuschen, so daß sie mein Ungestüm für Liebe hielt.

ENDLICH schläft er. Er war so glücklich und voller Dankbarkeit, daß er mir überallhin folgte, ins Bad, ins Schlafzimmer. Ich mußte ihn eine ganze Weile kraulen, bevor er sich beruhigte. Ich stellte ihm eine Schüssel mit gekochtem Fleisch und Brot hin, denn ich wußte nicht, seit wann er nichts mehr gefressen hatte. Mein Vater hatte mir am Telefon dringend empfohlen, ihn ein wenig hungrig zu lassen. Zuviel könne ihn umbringen, sagte er. Dann bereitete ich ihm in einer Terrassenecke einen Schlafplatz aus Decken und alten Lumpen. Zuerst war er hin- und hergerissen zwischen der Verlockung, sich daraufzulegen, und der Angst, ich könnte weggehen. Also setzte ich mich daneben. Mit angelegten Ohren und auf den Pfoten kauernd schnüffelte er an den Kissen, dann leckte er meine Hände, und schließlich machte er es sich auf seinem neuen Bett bequem. Er schläft jetzt seit zwei Stunden, ich höre ihn von hier aus atmen.

Ich habe ihn heute morgen in Portuense aufgegabelt. Ich war eben aus dem Haus einer Familie gekommen, die sich nicht entscheiden konnte, den Vertrag zu unterschreiben, als ich ihn auf mich zulaufen sah. Ich streichelte ihn ein bißchen und ging dann zum Auto, aber als ich die Tür öffnete, sprang er hinein. Da er nun mal unbedingt mein Freund werden wollte, beschloß ich, ihn Amico zu nennen.

Laura hat ihn keines Blickes gewürdigt. Was auch immer ich tue, es ist ihr inzwischen egal. Sie fragte nur, ob er lange hier bleibe, und als ich ihr sagte, für immer, antwortete sie mir nicht einmal. Sie saß noch im Morgenrock im Bett, obwohl es inzwischen fast eins war. Die seltenen Male, die sie bei mir bleibt, steht sie immer später auf. Morgens, wenn ich Davide in den Hort bringe, schläft sie noch oder tut so, als ob sie schliefe. Und wenn ich mal zum Mittagessen nach Hause komme, treffe ich sie immer noch in Morgenrock und Pantoffeln an, die Haare ungekämmt und die Augen hinter der verlaufenen Wimperntusche versteckt. Wir sprechen nicht mehr miteinander, und ich glaube, daß wir uns früher oder später entscheiden werden müssen, diese Situation zu beenden, ein für allemal.

Gestern abend kam sie überraschend nach Hause. Sie brachte in ihren Kleidern ein bißchen Kälte von draußen herein, und als sie die Tür hinter sich geschlossen hatte, kam es mir vor, als wäre sie nie fortgewesen. Sie lächelte nicht, aber sie küßte mich auf die Backe, und während ich mit Davide spielte, begab sie sich gleich in die Küche, stürzte sich hinein in die Unordnung und ihre kleinen Gewohnheiten. Sie warf die Essensreste weg, die ich auf einer Tischecke liegengelassen hatte, wusch die Teller ab und die Kaffeetassen mit den verkrusteten Zuckerresten, und anschließend setzte sie sich hin und klebte die Rabattmarken aus dem Supermarkt in das Heftchen ein.

Ich brachte Davide ins Bett und kehrte zu ihr zurück. Sie hob kaum den Kopf und deutete kaum ein Lächeln an.

»Mit der Arbeit läuft's ganz gut, glaube ich«, sagte ich.

»Schön für dich ...«, antwortete sie, ohne aufzublicken. Der Tesafilm blieb ihr an den Händen kleben und wollte nicht abgehen. Ich ging auf sie zu, um ihr zu helfen, aber als ich sie berührte, fuhr sie auf. »Das schaff ich schon allein«, fauchte sie mich an.

Ein paar Minuten schwiegen wir. Ich stand auf, nahm die Zantac-Pille, die ich jeden Abend schlucken muß, und setzte mich wieder ihr gegenüber. »Es ist an der Zeit, daß wir uns entscheiden, du und ich«, sagte ich.

Da endlich sah sie mich an: »Wozu?«

Beinahe hätte ich losgelacht, denn sie schien wirklich aus allen Wolken zu fallen. Vielleicht sei ihr, fuhr ich fort, die Tatsache entgangen, daß wir nicht mehr miteinander redeten und seit Monaten nicht mehr miteinander schliefen. Mir hingegen stünde die Situation klar vor Augen, deutlich bis ins kleinste Detail.

Zum erstenmal nach einer halben Ewigkeit sah ich sie jetzt wieder richtig lachen, und zum erstenmal sah sie mir wieder in die Augen. Als sie wieder ernst geworden war, sagte sie: »Nein, warte auf mich.«

»Warten? Warten worauf? Wo soll ich auf dich warten?«

»Vertrau mir. Warte auf mich, es ist nur eine Phase, sie wird vorübergehen.«

Nicht eine Sekunde habe ich daran geglaubt. Diese Geschichten von Phasen, die angeblich vorübergehen, habe ich schon tausendmal gehört, ich weiß nur zu gut, daß dies die erstbeste Antwort ist, die einem in den Sinn kommt, wenn man nicht weiß, was man antworten soll. Doch ich hätte mich auch mit dieser wirklich dürftigen Lüge zufriedengegeben, ich hätte mich auf ihr Spiel eingelassen und mich an diesen Hoffnungsschimmer geklammert, den ihre Heuchelei mir vorgaukelte. Aber genau in dem Moment stieg aus der Dunkelheit der Nacht das infernalische Kreischen von Bremsen. Ein gräßlicher Aufschrei, der von der Eisenbahn kam. Wir liefen beide zum Fenster. In der Finsternis waren die stehenden Waggons und die aneinandergereihten Rechtecke der erleuchteten Fenster zu sehen, in jedem ein Schattenspiel stummer Körper, eine Comicstripserie auf Scherenschnittpapier. Wir sahen die Umrisse der Fahrgäste, die sich hektisch hin und her bewegten; ihre Stimmen schallten alle gleichzeitig durch die Nacht, überlagerten sich und wälzten sich mit metallischem Klang auf uns zu. Ab und zu ein Entsetzensschrei und ein Weinen, ein Fluch.

Von diesem grausigen nächtlichen Lärm wachte Davide auf, weinend kam er in die Küche gelaufen. Er klammerte sich an das Kleid seiner Mutter, er wollte, daß sie ihn auf den Arm nahm. Doch Laura fing plötzlich an zu zittern. Sie stieß ihn weg, sagte, er solle sofort wieder ins Bett gehen, es sei kalt.

Der Kleine hatte Angst, er weinte in einem fort. Ich wollte ihn überreden, doch auf meinen Arm zu kommen, aber er wich mir aus. Er weinte vor Schreck, seine Lippen bebten, und nur mühsam brachte er zwischen Schluchzern und Anspannung ein paar Worte hervor. Er wollte nur zu seiner Mutter. Ich sah ihn an, wie er da mit nackten Füßen auf dem Boden stand, sich auf die Zehenspitzen stellte und mit tränenüberströmtem Gesicht sehnsüchtig zu ihr hinaufsah.

Meine Frau fing an zu brüllen, mit weit aufgerissenen Augen herrschte sie mich an, ich solle ihn wegbringen, sie wolle ihn nicht mehr sehen. Sie halte es nicht mehr aus, brüllte sie, sie sei es leid, sich immer nur um andere kümmern zu müssen. Als Davide einen letzten Versuch unternahm, sich an ihr Kleid klammerte und an ihr hochklettern wollte, wich sie zurück und blieb wie erstarrt stehen. Dann rief sie im Befehlston: »Weg mit ihm! Schaff ihn mir vom Hals!«

Ich zog meinen Hosengürtel heraus und ließ ihn auf Davides Beine knallen. Einen Augenblick hörte er auf zu weinen und erstarrte in einem Blick aus Verwunderung und Entsetzen. Er sah mich mit offenem Mund an. Ich schlug ihn noch einmal und noch einmal. Auf seinen nackten Schenkeln zeichnete sich ein roter Striemen ab. Dann riß ich ihn an einem Arm hoch, so daß er in der Luft baumelte, brachte ihn in sein Zimmer, schleuderte ihn auf sein Bett und schloß die Tür.

Etwas, ich weiß nicht was, ließ mich zögern. Nach ein paar Sekunden öffnete ich erneut die Tür und sah, daß mein Sohn vor lauter Weinen nicht mehr atmete. Ich stürzte zu ihm hin, schüttelte ihn – sein Gesicht war bereits blau angelaufen – und rieb seine geschwollenen Lippen. Ich packte ihn an den Beinen und hielt ihn so lange mit dem Kopf nach unten, bis er durch ein heftiges Aufschluchzen wohl oder übel nach Luft schnappen mußte, und mit einem unheimlichen Pfeifton kam Davide wieder zu sich. Ich ließ ihn so auf dem Bett liegen, während er verzweifelt weinte. Draußen vor der Tür wartete ich, daß sich seine Furcht legte und er vor Erschöpfung einschlief. Auf der Terrasse hörte Amico nicht auf zu bellen.

Ganz tief im Herzen hatte ich vielleicht eine Belohnung erwartet. Doch als ich in die Küche zurückkam, hatte Laura wieder ihre abweisende Haltung eingenommen, und ohne sich auch nur umzudrehen, warf sie mich hinaus. Die Enttäuschung verlieh mir Mut. Grußlos verließ ich das Haus, stieg ins Auto, bog in die Staatsstraße ein und hielt am ersten Motel an. Ich weiß nicht warum, aber bevor ich einschlief, dachte ich an meine Eltern. Und inmitten dieses Zimmers, das von Müdigkeit erfüllt war, keimte ein Gefühl der Reue auf, wie eine Blume, ja, wie eine Blume, die aus dem Sumpf geboren wird.

ICH bin wie mein Vater. Ich bin wie er häßlich, untersetzt und halb kahl. Wir haben denselben Beruf ausgeübt.

Als kleiner Junge dagegen war ich sehr schön. Man hielt mich sogar für den schönsten Jungen der ganzen Verwandtschaft. Und weil ich es von allen Seiten hörte, glaubte ich am Ende selbst daran. Ich vertraute blind auf meine Schönheit und vor allem auf die Farbe meiner Haare, die nicht blond waren, sondern goldblond. *Schauspielerblond*, wie meine Tante Marisa behauptete. Die Leute im Viertel hatten mir den Spitznamen »Schönhaar« gegeben. Ich war mir dieser Gottesgabe so gewiß, daß ich, wenn ich mit meinen Freunden über unsere Zukunft, die Arbeit und all das redete, meinte, ihre Sorgen hätten nichts mit mir zu tun. Mir kam es so vor, als würde das Schicksal, das die Natur mir vorbehalten hatte – selbstverständlich ein glückliches und strahlendes Schicksal –, mich zu gegebener Zeit ganz von allein suchen, ohne daß ich etwas anderes tun müßte, als zu sein, wie ich war, einfach nur fröhlich und schön. Davon war ich überzeugt.

Meine Tanten: »Wo ist bloß ein so schöner Sohn hergekommen?«; »So schön, wie er ist, wird Paolo in seinem ganzen Leben keine Probleme haben, gesegnet sei er!«; »Was werden dich die kleinen Mädchen umschwärmen, stimmt's, Paolo?« Sie machten mir nichts als Komplimente. Und Tante Marisa, die niederträchtigste von allen, sah mich voller Hintergedanken an und fügte hinzu: »Damit du mich recht verstehst: keinem wird etwas geschenkt. Man muß für alles bezahlen. Nutze *diese* Gabe, mein schöner Liebling!« Und sie legte eine solche Lüsternheit in ihren Blick, daß ich jedesmal einen Hintersinn dahinter vermutete, auch wenn ich dessen Bedeutung nicht begriff.

Ich war das erste Kind der ganzen Verwandtschaft, das nach der achten Klasse weiter zur Schule gehen wollte. Aber keinem wäre es im Traum eingefallen, etwas gegen meinen Entschluß einzuwenden. Stolz und voller Unterwürfigkeit nahmen meine Verwandten meine Andersartigkeit zur Kenntnis und waren nur noch überzeugter von meiner strahlenden Zukunft.

Ich verbrachte also eine fast zu glückliche Kindheit, und mein Dasein schien in sicheren Bahnen zu verlaufen: Ich lernte, und ich spielte Fußball, und angesichts der hervorragenden Ergebnisse betrachtete ich den Fußball schon bald nicht mehr als reines Vergnügen, sondern setzte dieselben Erwartungen und die gleichen Hoffnungen hinein wie in die Schule. Ich spielte bei Bettini, einer Mannschaft aus Quadraro, die eine Art Talentschmiede von Juventus war. Dreimal die Woche wartete ich an der Haltestelle auf den Bus, der eine Ewigkeit nicht kam, und fuhr quer durch die Stadt zum Training. Ich war erfüllt von etwas, das mehr war als einfach Hoffnung, es war fast die Gewißheit zukünftigen

Erfolgs. Schon drei-, viermal waren die Späher von Juventus aus Turin gekommen, um mich unter die Lupe zu nehmen, und der Trainer hatte mir zu verstehen gegeben, daß sie sehr zufrieden mit mir waren. Ich spielte offensives Mittelfeld, ich rannte die vollen neunzig Minuten durch, und als ich fünfzehn war, war die Bewertung auf meiner Transferkarte schon auf fünfhunderttausend Lire gestiegen.

Um das glückliche Panorama meiner Jugend abzurunden, hatte ich auch noch einen Haufen Freunde. Abends nach dem Lernen und dem Training trafen wir uns gewöhnlich im Spielsalon von Signor Oscar. Wir spielten ein bißchen Billard und begaben uns dann alle zusammen auf die Piazzetta, die eigentlich nicht mehr war als ein leeres Fleckchen zwischen den Marktbuden, um dort inmitten des Fischgestanks und der verdorbenen Fleischstücke, die die Händler den Katzen hingeworfen hatten, ein bißchen zu kicken und herumzualbern. Wir postierten uns an der einzigen Stelle, an der die von Mückenscharen und Spinnweben eingehüllten Laternen noch ein wenig Licht warfen. Alle Möglichkeiten standen uns offen, die ganze Nacht gehörte uns. Wir veranstalteten Wettrennen, wer zuerst an dem kleinen Brunnen hinten an der Ecke war, oder wir rauften miteinander, wenn wir *Tre tre giù giù* spielten. Und wenn wir dafür zu müde waren, schwatzten wir über unsere erotischen Unternehmungen. In Wahrheit hatte damals noch keiner von uns diesbezüglich viel vorzuweisen, um damit vor den anderen groß anzugeben. Wenn dann doch einmal etwas in der Richtung passierte, versuchte deshalb jeder, so viel wie möglich aus der Sache herauszuholen, und dieses eine Mal wurde dann aufgebauscht und breitgetreten oder in zwei verschiedene, voneinander getrennte Abenteuer aufgeteilt. Bis die Freunde merkten, daß an der Sache etwas faul war, und dann wurde einem eine Zeitlang das Recht entzogen, über dieses Thema zu reden.

Nach dem Ende der Schule fingen die Probleme an. In den Prüfungen hatte ich gute Noten bekommen, und schon im September begann ich mit den Bewerbungen um eine Arbeitsstelle. Alle meine Verwandten waren überzeugt, daß ich aufgrund meiner schulischen Leistungen und meines einnehmenden Äußeren sofort eine feste, angenehme und vor allem gut bezahlte Anstellung finden würde. Tante Marisa riet mir sogar, mich als Steward bei der Alitalia zu bewerben. »Denk mal nach, was für ein Leben!« sagte sie. »Ständig auf Reisen und soviel Geld! Und außerdem: Die Stewardessen im Flugzeug, wenn die einen so hübschen Burschen wie dich sehen, was meinst du, was die mit dir anstellen ...«

Ich wurde rot und antwortete, daß sie bei der Alitalia bestimmt nur auf mich warteten ... Aber insgeheim glaubte ich auch daran, also schickte ich meine Bewerbung ab und wartete tagein, tagaus auf eine Antwort.

Aber die Tage vergingen, ohne daß etwas passierte. Wie viele Bewerbungsverfahren und Gespräche mußte ich über mich ergehen lassen! Anfangs zuversichtlich, dann nach und nach ängstlich und immer resignierter. Nichts, es stand nichts in Aussicht. Mein Vater wandte sich an alle seine Kunden, Selbständige und leitende Angestellte, denen er das beste Fleisch verkaufte, er bat alle und jeden, mir bei der

Arbeitssuche zu helfen. Aber der einzige, der etwas unternahm, war ein alter Oberst a. D., durch dessen Vermittlung ich meinen Militärdienst vorzeitig ableisten konnte. Da hast du wenigstens ein Jahr lang etwas zu tun, meinte mein Vater, und ich muß nicht zusehen, wie du auf die schiefe Bahn gerätst. Also tat ich es.

Ein Jahr hat aber nur zwölf Monate, und nachdem diese um waren, nahm ich mein früheres Leben wieder auf. Spielsalon, Schwatzen und die Abenteuer mit Mädchen, die man allerdings nicht mehr so gern erzählt, wenn sie Wirklichkeit werden. Die Gesichter in meiner Umgebung wurden immer finsterer. Wenn meine Mutter mit mir sprach, setzte sie eine betrübte Miene auf, und die Verwandten fingen an, mich einfach zu ignorieren.

Papa sagte nichts. Nicht ein einziges Mal hörte ich aus seinem Mund eine polemische Bemerkung oder einen boshaften Hintergedanken, wie es bei meiner Mutter immer häufiger der Fall war, besonders, wenn sie in Gesellschaft ihrer Schwestern war. Ich bemerkte jedoch, wie mein Vater abmagerte und verfiel. Er war immer ein gutmütiger Riese gewesen. Wenn er mich mit seinen nach Blut riechenden Metzgerhänden geohrfeigt hätte, hätte ich nicht mehr gewußt, wo rechts und links war, so stark war er. Aber er hat mich niemals auch nur angerührt.

Mit zwanzig hatte ich also noch immer keine Arbeit, und es war auch bei Bettini geblieben. Bis eines schönen Tages meine Verwandten, die in der Gegend der Via della Pisana eine Tischlerei hatten, wo sie Bauernküchen anfertigten, mich so lange bearbeiteten, bis ich schließlich bei ihnen anfing. »Da lernst du erst mal einen Beruf. Und wenn du dann eine bessere Arbeit findest, um so besser … Wie sagt man? Gelernt ist gelernt …«

Anfangs gefiel es mir dort, der Sägemehlgeruch entspannte mich, es gab Kollegen in meinem Alter, und wir arbeiteten und machten Spaß. Aber schon bald ließen meine Verwandten die Maske fallen. Sie brauchten mich nur einen Moment lang untätig zu sehen, schon tadelten sie mich und warfen mir vor, ich würde die Tatsache ausnutzen, daß wir verwandt seien, und mir den Lohn erschleichen. »Bei uns gibt es keine Verwandten und schon gar keine ›Muttersöhnchen‹, mein Lieber! Hier wird gearbeitet und sonst nichts!« Es waren falsche Anschuldigungen, weil ich niemals etwas ausgenutzt hatte, ich kam pünktlich wie die anderen, und im Rahmen des Wenigen, das ich hatte lernen können, strengte ich mich an, so gut ich konnte.

Insbesondere Onkel Antonio, Tante Marisas Ehemann, ein Mann wie ein Kleiderschrank, der ständig verschwitzt war, so daß das Sägemehl auf seiner Haut klebenblieb, lachte sarkastisch: »Du bist hier nicht in der Schule, mein Hübscher. Die Lehrer kannst du vielleicht blenden mit deinem Geschwätz, aber hier, mein Lieber, mußt du arbeiten. Arbeiten und sonst nichts!«

Onkel Antonio regte sich immer am meisten auf. Er war imstande, mich mir nichts, dir nichts zu rufen, wenn ich zum Beispiel gerade ein Möbelstück oder einen Tisch polierte, und mir sarkastisch vom anderen Ende der Tischlerei zuzuschreien: »He, Schönhaar, komm her: Du hast doch studiert, du bist doch ein *Wissenschaftler*, sieh mal zu, ob du die Zinke hier hinkriegst!«

Verschüchtert kam ich näher, bis sich meine Lungen mit dem Schweißgeruch seiner Haut füllten, und versuchte mit zitternden Händen die Holzteile zusammenzufügen, die mein Onkel mir hinhielt. Aber ich schaffte es nicht. Ich rechnete, überlegte, aber jedesmal paßte irgend etwas nicht. Niemand kann sich die Schadenfreude vorstellen, die in Antonios Augen leuchtete, wenn er mich scheitern sah. Er würzte seine Verachtung mit einer hämischen Grimasse, und mit vor Wut heiserer Stimme forderte er die anderen auf, herzukommen und das Versagen des Neffen zu bestätigen.

»Ja, wie denn?« brüllte er grob und vulgär hinter mir her, während ich gedemütigt an meinen Arbeitsplatz zurückschlich. »Wie ist denn das möglich? Da hast du so viel studiert und bist uns mit deinen ach so guten Noten auf die Nerven gegangen, und dann bringst du nicht mal so was Einfaches zustande? Kinderkram, den sogar ich hinkriege, mit fünf Jahren Volksschule! Was bringen die euch denn eigentlich in der Schule bei? Nur Schwachsinn! Nichts als Geschwätz und Schwachsinn!« Und er lachte sein kehliges Lachen, das gutmütig wirken sollte, das ich aber inzwischen genau genug kannte, um zu wissen, daß dahinter nichts als nachtragende Boshaftigkeit steckte. Eins wurde mir klar: Onkel Antonio ließ mich Tag für Tag für all die Jahre büßen, in denen ich die Bewunderung der Verwandtschaft genossen hatte. Er rächte sich für die Bewunderung, die er selbst einmal für mich gehegt hatte.

Um seine Rache allerdings auf die Spitze zu treiben, um

ihr einen offiziellen und beinahe feierlichen Anstrich zu verleihen, wartete er wohlüberlegt den Zeitpunkt ab, als Tante Marisa, meine größte Bewundererin und Förderin, einmal in die Werkstatt kam. An jenem Morgen polierte ich gerade einen kleinen Tisch, aber es gelang mir einfach nicht, das Wachs gleichmäßig zu verteilen. Je mehr ich auftrug, desto deutlicher traten trübe Flecken hervor und breiteten sich wie große schwarze Blumen aus.

Mein Onkel und meine Tante standen in der Nähe und tuschelten. Mein Onkel starrte auf das Tischchen, dann stürzte er sich in einem Wutanfall, der seine Lippen verzerrte, wie ein wildgewordenes Tier auf mich und rannte dabei fast die Werkbänke um. Er versetzte mir eine solche Ohrfeige, daß ich die Dose mit dem Poliermittel fallen ließ. Sie spritzte gegen die Wand und rollte dann unter den Tisch. »Du blöder unfähiger Idiot«, schrie er mich an, »du ruinierst hier alles!« Er keuchte. Bei diesem Anblick stellte ich mir insgeheim vor, wie er mit meiner Tante schlief, wie er auf ihr lag und versuchte, ihrer Herr zu werden. Dabei war er wahrscheinlich genauso außer Atem.

Ich zitterte. Ich hatte keine Angst, nicht die Spur, ich begriff nur überhaupt nichts mehr, mir war zum Heulen zumute. Instinktiv sah ich zu Tante Marisa hinüber, ich hoffte, daß sie nichts bemerkt hatte oder daß sie wenigstens für mich Partei ergreifen würde. Doch sie sah herüber und wohnte der ganzen Szene ungerührt bei, ohne mit der Wimper zu zucken.

Mario, mein anderer Onkel, mußte eingreifen und den Schwager wegbringen. Ein Arbeitskollege, der erfahrenste von allen, versuchte ihn zu beruhigen, indem er sagte, daß der Tisch vielleicht noch zu retten sei, daß er sich darum kümmern würde. Aber Antonio hörte ihn nicht einmal. Während sie ihn hinausbrachten, stieß er Verwünschungen aus und verfluchte Gott, der mich geschickt habe, um »sein Leben zu ruinieren«. Ich kroch unter den Tisch, sammelte die inzwischen halb ausgelaufene Wachsdose und den Pinsel ein, der durch den heftigen Ruck nach ganz hinten in die Ecke zwischen Werkbank und Mauer gerollt war. Von dort unten sah ich aus den Augenwinkeln, daß meine Tante sich an den Tisch gelehnt hatte und mir den Weg versperrte. Ich erwartete, daß sie zur Seite gehen würde, aber sie fixierte mich mit eisigem Blick und merkwürdig verzerrten Lippen und bewegte sich nicht von der Stelle. Also mußte ich mich zwischen ihr und dem Tischchen hindurchschlängeln und streifte beim Aufstehen mit dem Mund ihre Oberschenkel entlang bis hinauf zu ihrem harten Bauch. Ich versank in der eingewölbten Stelle, wo der Rock nachgab, und spürte in mir eine dumpfe Hitze aufsteigen. Als es mir endlich gelang, auf die Füße zu kommen, verharrten wir regungslos, unsere heißen Bäuche klebten aneinander, doch sie rührte sich immer noch keinen Millimeter vom Fleck. Sie drückte mich sogar noch mehr gegen den Tisch und starrte mich streng und böse an: »Wann lernst du endlich, etwas richtig zu machen? Wann kannst du dich endlich entschließen, Verantwortung zu übernehmen? Was bist du nur für ein Mensch?« Ihr Atem roch nach Lippenstift, den sie wie immer kräftig aufgetragen hatte.

Schließlich ließ sie von mir ab und ging zu ihrem Mann

auf den Hof. Zu viert hielten sie ihn in Schach, allerdings in einigem Abstand, während er fluchte und um sich trat. Ich räumte auf und kehrte nach Hause zurück.

Wie ich erwartet hatte, kam mein Onkel noch am selben Abend, um mit meinem Vater zu reden. Mein Vater war eindeutig der verlegenere. Antonio dagegen war entspannt, er hatte sich beruhigt und machte einen beinahe zufriedenen Eindruck. Ohne Umschweife kam er zur Sache: »Hör zu, ich habe keine Lust mehr, deinen Sohn bei mir in der Werkstatt zu behalten.« Mit einem boshaften Leuchten in den Augen begann er sodann Punkt für Punkt aufzuzählen, wann ich versagt hatte. Es war eine lange Liste von Vorfällen, an die ich mich nicht mehr erinnerte und die auch nicht alle der Wahrheit entsprachen. Mit angehaltenem Atem und gesenktem Kopf hörte Papa zu, während seine Finger mit einer Brotkrume spielten. Mehr als meine eigene war es die Niederlage meines Vaters, die mir weh tat.

Auch ich saß schweigend da, meine verschwitzten Arme klebten an der Glasplatte des Tisches. Ich hörte mir diese lange Anklage an und schielte von Zeit zu Zeit nach Tante Marisa, die seelenruhig, als ob nichts wäre, mit meiner Mutter in der Küche plauderte.

Als wir schließlich allein waren, kam Papa zu mir, fuhr mir durchs Haar und sagte: »Ab morgen arbeitest du bei mir. Wenn du schon jemanden im Nacken sitzen hast, dann besser mich.« Und wirklich, tags darauf fing ich bei meinem Vater an.

Die erste Zeit war hart, ich hatte keine Ahnung, wie ich die Rinderviertel schultern sollte, und dachte, sie würden mich zerquetschen. Aber nach und nach ging mit meinem Körper eine Verwandlung vor, er paßte sich langsam dem neuen Beruf an. Es war eine Verwandlung, der ich ohnmächtig zusah und die ich manchmal fast als Segen erlebte, weil sie mich zwar häßlich machte, mich jedoch gleichzeitig dazu befähigte, die schweren Lasten zu tragen, ohne mich allzusehr anstrengen zu müssen. Zwei gequetschte Wirbel ließen mich um ein paar Zentimeter schrumpfen, der Magen weitete sich aufgrund der plötzlichen Entwicklung der Bauchmuskeln, und beides bewirkte in kurzer Zeit eine größere Standfestigkeit. Bald konnte ich sogar mehr als einen Zentner auf meine Schultern packen, ohne mich, wie früher, dem Ersticken nahe zu fühlen und ohne diesen Druck zu verspüren, der mir die Halsschlagader zu zerreißen drohte.

Das Fett des enthäuteten Fleischs, das beim Fahren ständig an meinen Schläfen rieb, verbrannte meine Kopfhaut, und von meinem berühmten Blondschopf blieb nach wenigen Jahren nur noch die Erinnerung.

In kurzer Zeit wurde ich also wie mein Vater. Ich glich ihm wie ein Doppelgänger, so daß die Kollegen unten im Schlachthof uns häufig beim Grüßen verwechselten, wenn wir morgens in die Bar kamen, um den ersten – oder den zweiten – Kaffee des Tages zu trinken.

Zweifellos war es eine anstrengende und schmutzige Arbeit, aber die Monate, in denen ich Seite an Seite mit meinem Vater gearbeitet habe, waren die glücklichsten meines Lebens. Zum einen verdiente ich nicht schlecht, so daß ich nach wenigen Monaten sämtliche Schulden, die ich bis dahin gemacht hatte, zurückzahlen und mir sogar ein bißchen Luxus leisten konnte. Doch vor allem hatte ich zum erstenmal die Gelegenheit zu erfahren, was für ein außergewöhnlicher Kumpel und Lehrmeister mein Vater war. Seine unverhohlene Freude, mit mir zusammenzuarbeiten, ließ nie nach und äußerte sich jeden Morgen aufs neue, schon beim Aufstehen, mit einer Energie, die ich zuvor nicht einmal erahnt hätte.

Wir standen um vier Uhr morgens auf. Schon während wir in der Küche unseren ersten Kaffee tranken, legte mein Vater den Tagesablauf mit außerordentlicher Klarheit und Geistesgegenwart dar. »Vielleicht, Paole'«, begann er, »wäre es gut, wenn wir zuerst zu ›Tuttocarni‹ in Trastevere fahren und die Tour andersherum als sonst machen, damit wir am Schlachthof in Monteverde sind, wenn der Marktverkehr schon ein bißchen nachgelassen hat. Sonst finden wir keinen Platz für den Laster. Was hältst du davon?«

Morgens um diese Zeit (nach Rasieren, Duschen und Kaffee war es vielleicht halb fünf) konnte ich weder dafür noch dagegen sein, doch ich fand, daß die bei weitem einfachste Lösung war, mich einverstanden zu erklären. Mit Ausnahme der allmorgendlichen Tortur habe ich an diese Zeit immer sehr gern zurückgedacht. Wenn wir das Haus verließen, war es noch dunkel, und wir fuhren auf leeren und nachtfeuchten Straßen, auf unseren Lederwesten glänzten tausend Tröpfchen, die wie Glühwürmchen auf Schultern und Armen saßen. Vorbei an den heruntergelassenen Rolläden der Geschäfte fuhren wir mit dem Laster die Via Portuense entlang und bogen zum Schlachthof ein mit seinem frühmorgendlichen Radau.

Nach dem zweiten Kaffee, den wir in der kleinen verrauchten Bar hinter der Brücke nahmen, machte ich erstmals den Mund auf, doch ich muß betonen, daß ich die ganze Zeit über sehr hart gearbeitet und dabei viel gelernt habe. Zum erstenmal in meinem Leben gehorchte ich den Ratschlägen und auch den Befehlen meines Vaters aus Überzeugung. Ein sicheres und untrügliches Zeichen dafür, daß ich mich frei fühlte. Allerdings war mir vollkommen bewußt, daß die Harmonie und der Spaß bei der Arbeit zum großen Teil Papas Verdienst waren. Nicht, weil ich meinem Vater gegenüber loyal war, sondern weil er es mir gegenüber war, verließ ich ihn diesmal nicht wie früher, um mir irgendeinen dummen Job zu suchen. Nicht, weil ich eine besonders hohe Arbeitsmoral gehabt hätte, sondern weil er sie hatte, ging ich jeden Morgen mit einem Eifer an die Arbeit, der mich selbst überraschte.

Was ich wollte, wußte ich nicht. Wie hätte ich es auch wissen können? Sicherlich dachte ich nicht, daß dies der Job meines Lebens war. Aber ich dachte auch nicht das Gegenteil, mich überkam nie die Lust, etwas anderes zu machen. Ich stellte mir ganz einfach nicht das Problem, und wäre da nicht der Druck von außen gewesen, wer weiß, vielleicht hätte mich meine Trägheit mehr belohnt, als es meine Eitelkeit getan hatte.

Einige Zeit, vielleicht ein Jahr später, nahmen sich die Verwandten erneut meiner an. Konkret bedeutete das, daß diese Bande pathetischer Onkels und nervtötender Tanten das Problem der sonntäglichen Langeweile löste, indem sie sich bei uns zum Mittagessen einlud, um *das Problem* zu besprechen (»das« Problem war natürlich ich) und sich der Bekanntschaft immer neuer einflußreicher Leute zu rühmen, an die man sich um Hilfe wenden konnte. Auf diese Weise kamen meine Eltern nicht umhin, jedesmal ein paar hübsche Zehntausend-Lire-Scheine aus der Tasche zu ziehen, um in den Genuß der Ratschläge unserer lieben Verwandten zu kommen. Gott allein weiß, mit welchem Nutzen für meine sogenannte Situation.

Der Umstand, daß ich Fleischauslieferer im Schlachthof war, obwohl ich *nichts weniger* als ein Bauzeichnerdiplom in der Tasche hatte, wurde aus unerfindlichen Gründen als Beweis meiner Untüchtigkeit angesehen. Und nicht nur das, sondern darüber hinaus als nicht akzeptabler Mangel an Verantwortungsgefühl, fast als Beschmutzung der Familienehre! Sie sahen mich kopfschüttelnd an und betrachteten mich mit der düsteren Vorahnung, daß ich niemals etwas Gutes zustande bringen würde: »Warum nur begreifen die jungen Leute nicht, welche Opfer die Eltern auf sich nehmen, damit die Kinder die Schule besuchen können?« fragten sie mich. »Man sollte doch wenigstens ein Mindestmaß an ... wie soll ich sagen ... Eigenliebe aufbringen, an Respekt gegenüber den anderen ...«, riefen sie aus. »Aber auch Ehrgeiz, zum Kuckuck! Ein bißchen wenigstens!« behaupteten sie. »Von wegen Studieren! Von wegen Schule! Schaufel und Spaten, das wäre genau das Richtige für diese arbeitsscheue Jugend!« Und unter diesem Hagel von trostlosen Betrachtungen über mich und meine unverbesserliche

Natur verstummte ich schließlich jedesmal und ergab mich, ich wich ihren Blicken aus wie ein Schüler gegenüber einem strengen, aber gerechten Lehrer.

ICH muß noch einmal nach Mailand fahren. Italo will, daß ich einen weiteren Kurs besuche. Er hat es mir heute gesagt, ohne daß ich die Chance gehabt hätte, nein zu sagen. Ständig hat er etwas zu tun, das ist sein Glück, denn so hat er nie Zeit, einem zuzuhören. Er unterbricht seine Geschäftigkeit nur, um selbst zu sprechen, die Worte jedoch, die er als Antwort erhält, gehen im Chaos seiner vielfältigen Beschäftigungen unter, verlieren sich zwischen all den Telefonnummern, Zigarettenkippen und Verträgen und werden vergessen. Die meinen versickerten heute zusammen mit dem Blut des Kaninchens, das Italo im Garten geschlachtet hatte, sie wurden mit dem roten Rinnsal, das auf der Stufe dahinfloß, weggespült und mit einem leisen Gurgeln vom Gulli aufgesogen. Und gerade als ich angesichts der Mauer aus Schweigen, die mein Chef um sich herum errichtet hatte, in einer Geste der Ungeduld die Schultern hob und es aufgab, zuckte auch das mit den Läufen an einem Nagel an der Mauer aufgehängte Kaninchen zum letztenmal.

Wir waren in seinem Landhaus bei Trigoria versammelt, einem der zahlreichen halb widerrechtlich erbauten, halb geduldeten Viertel, die in der römischen Peripherie entstanden waren. In der Ferne sah man die neuen Prunkbauten aus Glas an der Via Laurentina glitzern. Hinter der Villa erstreckten sich neben einer Ansammlung kleiner unverputzter Häuser, die durch ein mörderisches Gewirr von Stromleitungen und Antennen untereinander verbunden waren, die unregelmäßigen, hier und da von wilden Sträuchern durchsetzten Wiesen der römischen Campagna. Italo wollte die Eröffnung der neuen Agentur feiern und hatte alle seine Freunde eingeladen. Echte Freunde konnte ich, ehrlich gesagt, nur ganz wenige ausmachen. Da waren wir, »seine Familie«, um einen Ausdruck zu benutzen, der Italo lieb und teuer ist, dann Ida, meine Schwiegermutter, Silvana, Lauras Schwester, und ihr Ehemann Daniele. Zum Ausgleich hatte Italo noch andere Leute eingeladen, mit denen er aus beruflichen Gründen Freundschaft schließen will. Zum Beispiel einen Beamten von der Gemeinde sowie einen vom Stadtbezirk, der die ganze Zeit damit beschäftigt war, die Gunst des höherstehenden Kollegen zu gewinnen. Außerdem den Bezirkssekretär von weiß Gott welcher Regierungspartei sowie ein paar gute Kunden.

Italo liebt es, diese Partys zu organisieren. Er macht das, seit ich ihn kenne. Seine Geschäftsbeziehungen gestaltet er auf ausgesprochen fröhliche Weise, und wenn sie ihm nichts mehr nützen, schafft er sie sich bei einem seiner etwas mysteriösen Zornausbrüche vom Hals. Er ist der Reichste von allen, und er ist immer guter Laune. Für jede Situation hat er eine geistreiche Bemerkung parat. Seine Überheblichkeit versteckt er hinter grober Herzlichkeit, und indem er unsere Mimik und unsere Ticks nachäfft, gelingt es ihm, jedes

Gespräch abzuwürgen. Dann lauert er auf unser Mienenspiel, um zu sehen, wie er ankommt, und wenn er feststellt, daß er erfolgreich war, fordert er uns auf, jegliche Diskussion einzustellen. Er vertritt nämlich die Meinung, daß nichts auf der Welt es verdient, ernst genommen zu werden. Sein Sarkasmus ist brutal und sein Mißtrauen gegenüber allem und jedem grenzenlos – beinahe ein Wesenszug, gegen den anzukämpfen aussichtslos ist. Italo betrachtet die Welt, die Gesellschaft und ihre Erscheinungsformen wie Religion, Kultur, Wissenschaften schlicht und einfach als eine Zusammenballung von Dummheit und Feigheit und letzten Endes als einen universalen Schwindel zu seinem Schaden und zum Schaden all derer, die sich wie er am liebsten nur um die eigenen Angelegenheiten kümmern würden. Nichts bleibt von dieser seiner Weltsicht verschont, und wenn jemand versucht, ihm zu widersprechen, dann schmollt er, bis der andere nachgibt. Nach errungenem Sieg belohnt er die Kapitulation mit mechanischer Freigiebigkeit: Esseneinladungen, Geschenke und erneut unbändige Fröhlichkeit.

Heute war Italo auf dem Gipfel der Euphorie. Er hat eine Unmenge Kaninchen und Hühner geschlachtet und auf dem Feuer gebraten. Alles war für das Festmahl vorbereitet, die Gläser waren schon mehrmals mit Rotwein gefüllt worden, als im Fernsehen die Bilder vom Anschlag auf den sizilianischen Mafiajäger Falcone in Capaci gesendet wurden. Alle starrten wie gebannt auf die Zerstörung, die die gewaltige Explosion angerichtet hatte, durch die rote Erde auf den Asphalt niedergeregnet war. Die gespielte Anteilnahme löste in mir eine Riesenwut aus. Idas schmerzlicher

Gesichtsausdruck, Lauras gespannte Aufmerksamkeit, das so schamlos empörte Benehmen der anderen Gäste: alles geheuchelt. Ich weiß genau, daß es keinem von ihnen das geringste ausmachte. Weil ich mich aber nicht mit allen anlegen konnte, ging ich zu Laura und steckte ihr einen Finger in den Mund: »Da, lutsch mal, los, saug dran«, forderte ich sie auf. »Heul dich ruhig aus, laß den ach so tiefen Schmerz über den Verlust dieser vier großen Helden aus dir raus.«

Mit einem Schlag fegte sie meine Hand weg, dann sah sie mich mit jener Mitleidsmiene an, die sie offenbar nicht mehr ablegen kann. Ich brüllte sie an, da unten tobe ein Krieg, der uns nichts angehe, und, egal wer gewinne, wir hätten nichts davon. Ihre Sache, ihr Problem. So war es immer, und so wird es immer sein.

Da schaltete sich Italo ein und kommentierte: »Paolo hat recht. Wenn dieser Richter das elfte Gebot gekannt hätte, wäre er jetzt noch am Leben.«

Ida, die den Sarkasmus des Mannes nicht begriffen hatte, fragte, welches denn das elfte Gebot sei. Woraufhin Italo, plötzlich außer sich, herausplatzte: »Na, sich um die eigenen Angelegenheiten zu kümmern. Man müßte es an allen Türen anschlagen, in den Schulen und sogar in den Kirchen! Es ist das wichtigste Gebot überhaupt. Was hatte der Mann denn vor? Die Welt verändern? Du liebe Güte! Verändert hat er ja jetzt etwas, da er in eine andere Welt übergegangen ist! Und seine Frau und die vier Hungerleider von Polizisten aus seiner Leibwache hat er gleich mitgenommen. Das hat er nun erreicht, der Weltverbesserer.«

Er war dunkelrot angelaufen. In letzter Zeit passiert es häufig, daß er die Kontrolle verliert. »Hätte er sich um seinen eigenen Kram gekümmert, könnte er es jetzt sagen. So wie ich, siehst du?« Er wandte sich Silvana zu, die neben ihm stand, und rief voller Pathos: »›Ich kümmere mich um meinen eigenen Kram!‹ Siehst du? Ich bin hier, ich blühe und gedeihe, und ich kann es sagen. Er nicht. Als ob er etwas Besseres als die anderen gewesen wäre! Er hat sie bekämpft, weil er das, was die anderen taten, nicht tun konnte, so sieht's doch aus! Genau so. Kommt mir bloß nicht damit, daß ihr allen Ernstes an das Märchen von der Rechtschaffenheit glaubt!«

Mit gewohnt mütterlichem Gehabe ging Luana, seine Frau, zu ihm, um ihn in seiner Raserei zu beruhigen. Sie setzt immer die gleiche Miene auf, sie sieht ihn schmachtend an und zwinkert ihm zu, als wolle sie ihn zu einem Tête-à-tête einladen, dem er als Ehemann nicht widerstehen könne. Und Italo läßt sich jedesmal auf diese Komödie ein, er spielt den Mann, der sich besänftigen, der sich übers Haar streichen und die Schultern massieren läßt. Am Ende jedenfalls beruhigte er sich, er wandte sich ab, und wie ein Schauspieler auf der Bühne setzte er einen Augenblick später wieder die Maske der Jovialität auf. Er rief uns alle zum Essen. Hinter dem Tisch an der Wand hängen ein Hirschkopf und eine Art Altärchen mit Blumen und einem Foto seines ein paar Jahre zuvor gestorbenen Sohnes Manuel. »Vorwärts!« schrie er. »Schluß mit dem ernsten Gerede! Es gibt etwas Erfreuliches, das schon eine Weile auf uns wartet!« Wir folgten ihm, und jeder nahm den Platz ein, der ihm durch ein mit Blockbuchstaben beschriftetes, neben dem Glas stehendes Kärtchen zugewiesen wurde.

Doch bevor wir mit dem Essen begannen, brachte Italo noch einen Trinkspruch aus: »In Anbetracht der Situation und des besonderen Anlasses improvisiere ich jetzt ein kurzes Gedicht für euch.« Und er begann aus dem Stegreif zu rezitieren, wie ich es schon häufiger erlebt hatte. Er erhob das Glas und fixierte uns einen nach dem anderen, in seinen Augen blitzte ein kaum mehr bezähmbares Lachen:

»*Auch wenn heut Trauriges geschah /*
ich trinke, und das mit gutem Gewissen /
denn Tote, Helden und Klagen – ja /
die finden wir nun wirklich . . .«
». . . beschissen!« ergänzten wir anderen im Chor.

WER ist bloß diese plötzlich so unbekannte Frau, die stumm, zwischen ihre Schultern eingezwängt, in meiner Nähe atmet? Jede ihrer Gesten gelangt mittlerweile aus weiter Ferne zu mir, es kommt mir vor, als sähe ich sie durch ein Schlüsselloch leben. Wenn ich sie beobachte, ertappe ich mich nicht selten bei dem Gefühl, sie auszuspionieren, und dann wende ich sofort den Blick ab, wie man es bei kranken Menschen tut oder wenn man zufällig auf ein Pärchen stößt, das im Schutz eines dunklen Parks in einem Fiat 127 oder in einem Panda sein Liebesnest herrichtet. Auch Laura hat die Fenster mit Zeitungen verhängt, und oft ertappe ich sie dabei, wie sie aus ihrem Schweigen hervorlugt und kontrolliert, ob keine Störung droht. Du schaust mich mit den gleichen Augen an wie deine Mutter das Foto ihres Mannes, sagte ich heute zu ihr. Sie mußte lachen. Doch genau so ist es, dieselben traurigen Augen und jener Ausdruck von Ehrfurcht gegenüber der Krankheit, die ihn dahingerafft hat.

Heute morgen kam sie früh nach Hause, ich stand noch unter der Dusche. Sie stieß die Tür auf, und lächelnd eröffnete sie mir, daß sie Davide bei meinen Eltern gelassen hatte.

»Für wie lange?« fragte ich.

Sie antwortete, als sie schon im Schlafzimmer war. »Weiß ich noch nicht. Eine Zeitlang.« Um mir nicht wieder ihr versteinertes Gesicht ansehen zu müssen, habe ich nichts erwidert.

Sie zog sich an und ging voller Zufriedenheit fort. Bevor sie die Wohnung verließ, kam sie zu mir und sagte, daß sie mich liebe. Ich zog den Bademantel an, schnürte den Gürtel ganz fest und legte mich wieder ins Bett. Ich tat, als wäre es Nacht. Ich ließ sie gehen, ich weiß inzwischen sowieso, wohin sie fährt. Gestern bin ich ihr heimlich gefolgt. Ich wartete vor dem Haus ihrer Mutter auf sie und heftete mich an ihre Fersen. Sie fuhr langsam, sie wirkte vollkommen ausgeglichen. Ab und zu drehte sie den Kopf zur Seite, um die Landschaft zu betrachten, und oft mußte ich bremsen, um ihr nicht zu nahe zu kommen, so langsam fuhr sie. Wir fuhren auf der Autobahn hinaus zum Flughafen, sie vorneweg und ich immer zwei, drei Autos dahinter. Als wir an der Isola Sacra angekommen waren, bog sie in einen Feldweg ein. Ich hielt an und folgte ihr zu Fuß. Ich sah, daß sie am Hafenbekken parkte und ein Boot betrat, das auf dem Tiber vor Anker lag. Bevor sie hineinging, sah sie sich um und stieß einen tiefen Seufzer aus. Ich sah, daß sie glücklich war.

ALLES Glück ist aus tausend vagen Hoffnungen gemacht. Um sich seine einfachsten Wünsche zu erfüllen, muß der Mensch Stück für Stück sich selbst aufgeben, zum Inbegriff der Langeweile werden, gläubig unter den Gläubigen sein, zynisch unter den Zynikern. Als ich heute ins Büro zurückkam, wartete Daniele auf mich. Wenn ich ihn in Erwartung meines Feierabends im Büro sehe, weiß ich, daß mich die x-te Lektion in, wie Italo es nennt, »Feinschliff« erwartet. In der Tat ist Daniele so etwas wie mein Privatlehrer, den mein Chef mit der Aufgabe betraut hat, »meine Denkweise zu verfeinern« (wörtliche Aussage von Italo). Da ich früher von schweren und oft schlechtbezahlten Arbeiten gelebt habe, betrachten mich Lauras Familienangehörige mit einem Blick, den sie gewöhnlich den Gutwilligen, aber Unfähigen, den armen Teufeln vorbehalten. Mit einer Mischung aus Mitleid und Verachtung, nur schlecht hinter einem wohlwollenden Lächeln kaschiert. Deshalb führen sie mich in ihre Welt ein, wie man ein Kind ins sagenhafte Disneyland geleitet, man bestaunt sein Erstaunen und ergötzt sich an seiner Verblüffung. »Wirst schon sehen«, lautet der jeden Tag unzählige Male wiederholte Spruch meiner Lehrmeister, und dahinter verbirgt sich das Versprechen von Wunderdingen und Reichtümern, die ich, ihrer unausgesprochenen Überzeugung nach, niemals allein erreichen könnte. Sie sind fest entschlossen, mich zu ändern. Vielleicht haben sie ja recht, denn es ist nicht gerade so, daß ich besonders viel zu verlieren hätte, wenn ich so bliebe, wie ich bin. Ich müßte mir nur, sagen sie, darüber klarwerden, »wie die Dinge stehen«. Ich sei bereit, erwidere ich dann immer. »Wirst schon sehen«, antworten sie.

Die Feinschliffłektionen, denen ich mich mehrmals wöchentlich unterziehen muß, werden im »Club« abgehalten, wie Daniele das nennt: ein Sportverein mit Turnhallen, Schwimmbecken, Sportplätzen und einer Bar mit Tischen im Freien, wo Daniele und seine Freunde sich einfinden, um ein Glas Bier miteinander zu trinken und über Politik zu diskutieren oder Initiativen im Viertel zu organisieren. Absolut öde! Tatsache ist, daß Danieles Freunde exakt so sind wie er, sie sind ständig auf der Hut, sie wechseln sich darin ab, den Horizont abzusuchen, wo sie unbekannte und zweifellos feindlich gesinnte Ungeheuer vermuten. Ich kenne Daniele mittlerweile ziemlich gut, er kann ein witziger und großzügiger Bursche sein, wenn es dir gelingt, sein Freund zu werden. Doch bis dahin bleibt er mißtrauisch. Sein Haß auf die Welt erwacht, sobald er morgens die Zeitung aufschlägt. Er blättert sie mit dem Groll dessen durch, dem jeden Tag neues Unrecht geschieht. Ständig nimmt er diese Haltung weinerlicher Überlegenheit ein, als brauche er ununterbrochen Anerkennung und als sei er der Meinung, alles, was andere ohne ihn machen, würde selbstverständlich er besser machen. Aus dieser Einstellung folgt logischerweise, daß die Zeitungen nichts als Unsinn schreiben, die Politiker alle korrupt sind, die Metzger nichts von Fleisch verstehen, die Wirtschaftsfachleute über der Realität schweben, die Künstler keine Phantasie haben und so weiter und so fort: alles in einem gigantischen Irrtum befangen, der praktisch das gesamte Universum umfaßt.

Heute hatte er es eilig, er verabredete sich mit mir im Club und machte sich dann gleich davon. Ich brach kurz nach ihm auf. Ich parkte auf dem planierten Gelände, legte den Weg zum Gebäude zu Fuß zurück und kletterte dabei über den Schutt, den die Arbeiter hinterlassen hatten, die einen Anbau errichten. Am Fuß der Rampe, deren Zugang von einem Volvo halb verstellt war, wartete Camillo, ein Freund von Daniele. Er ist kräftig wie ein Gorilla und auch so behaart. Haarbüschel sprießen ihm aus Ohren und Hemdkragen, und seine Koteletten stehen seitlich ab wie Wetterfähnchen.

»Sie sind wieder da«, grunzte er, sobald er mich sah, und stieß dabei Rauch aus.

»Wer ist wieder da?« fragte ich.

»Die Dreckszigeuner. Sie lagern wieder unter der Überführung, mit Genehmigung der Stadtverwaltung, alles nach Vorschrift. Unser *Bürgerprotest*, wie die da oben es nennen, hat dazu geführt, daß dieses Gesocks die offizielle Genehmigung bekommen hat, und jetzt kriegen sie da keine zehn Pferde mehr weg. Es heißt, daß sie sogar fließend Wasser haben.«

Ohne zu antworten, ging ich rechts die Treppe hinauf bis

zu einer Tür, hinter der sich ein spärlich beleuchtetes Atrium befindet. Es handelt sich um eine Art überdachten Platz, eine Mischung aus Wartesaal und Marktplatz, mit Wimpeln und ein paar Fotos von Siegerehrungen an den Wänden, ein paar Bänken, Telefonen und Getränkeautomaten. Hier herrscht immer ein warmer Geruch, der ein bißchen an Schule erinnert, allerdings mit Kaffeedunst, Schweißgeruch und Kampferölschwaden versetzt. Aus dem Stockwerk darunter, wo sich der Kraftraum befindet, drang das metallische Anschlagen der Kraftmaschinen, das Rollen der Hometrainer und der Laufbänder herauf. Ich blieb ein paar Minuten, um eine Zigarette zu rauchen, ließ dabei den Blick über die wenigen Leute schweifen, die um diese Zeit durch den Raum gingen. Zwei junge Männer standen bei den Getränkeautomaten, drei weiter hinten bei den Telefonen, und vielleicht befand sich noch jemand ganz hinten im dunklen Teil des Raumes, wohin kein Licht von draußen kam. Alle mit Trainingsanzügen, Stirnbändern, die den Schweiß aufsaugen sollten, sowie elastischen Bändern an den Handgelenken. Außerdem trugen sie Sweatshirts und Hosen, die so straff hochgezogen waren, daß sich die Rundungen ihrer Hoden abzeichneten. Nach einer Weile kam noch ein breitgebauter Bursche, den ich verschiedentlich im Gespräch mit Daniele gesehen hatte. Ein paarmal war er auch bei den Sitzungen des Komitees anwesend, ohne allerdings je den Mund aufzumachen. Er steckte tausend Lire in den Getränkeautomaten und drückte auf den Knopf für Gatorade, das daraufhin herausrollte und mit einem dumpfen Schlag unten in der Öffnung landete.

Er warf mir einen schiefen Blick zu und verschwand wieder im Kraftraum.

Nachdem ich zu Ende geraucht hatte, ging ich zur Treppe, die ins Obergeschoß führt. »Nach oben«, wie Camillo es nennt. Dort versammelt sich das »Komitee City 2000«, ein Zusammenschluß der prominentesten Persönlichkeiten des Viertels, um die jeweils aktuellen Probleme ihres Bezirks zu diskutieren. Ich malte mir aus, daß sie sicher über die Rückkehr der Zigeuner sprachen, die schon ein paar Monate vorher Anlaß für eine Reihe von Diskussionen und Versammlungen im Büro ihrer Partei gewesen war. Und wirklich, noch während ich die Treppe hinaufstieg, hörte ich hinter der Tür lebhaft diskutierende Stimmen, darunter auch die von Daniele.

Ich klopfte und trat ein. Aber ich hatte den Eindruck, unabsichtlich einen Akt unerhörter Kühnheit begangen zu haben. Die Blicke der Anwesenden wandten sich mir ruckartig zu, und die Diskussion, deren Echo ich auf der Treppe gehört hatte, verstummte abrupt. Daniele stand auf, schenkte der Versammlung ein gekünsteltes Lächeln und stellte mich vor: »Das ist Paolo, ein Freund von mir. Von uns, besser gesagt.«

Biergläser und Flaschen auf dem Tisch, der sowieso schon mit Papieren und Flugblättern übersät war. Über den Köpfen ein Rauchschleier. Einige husteten ungeduldig, andere schlugen als Zeichen ihrer Nervosität die Beine übereinander, wieder andere warfen Daniele vorwurfsvolle Blicke zu. Ich mußte verschiedenen Personen, die ich nie zuvor gesehen hatte, die Hand schütteln, um an der Komödie der frohlichen Zusammenkunft von Freunden teilnehmen zu dürfen. Ich schüttelte Paolelli, einem Anwalt mit weißem Bart, die Hand. Dann begrüßte ich per Handschlag Signor Molteni, den Besitzer eines großen Autohauses, einen großgewachsenen Mann mit schwarzem Bart, aber dafür milchigweißer Haut. Und schließlich den Architekten Paci, einen kräftigen Mann, den ich schon von früheren Zusammenkünften her kannte. Er war Stadtrat und berühmt für seine langwierigen Anfragen während der Ratssitzungen. Auch Giorgio war da, der immer mit einer Mundharmonika herumläuft und spielt, statt zu reden. Im Viertel ist er eine Berühmtheit, weil er einen *Karaoke*-Wettbewerb im Fernsehen gewonnen hat, und er kennt eine Menge ganz unterschiedlicher Leute. Aus diesem Grund betrachtet man ihn als sehr wichtigen Bestandteil des Komitees.

Ich bekam einen Stuhl und setzte mich zwischen Daniele und Dottore Paolelli. Im selben Moment, als ich es mir bequem machte, sprang dieser auf und fuhr brüllend mit seiner zornigen Tirade fort, die er bei meinem Eintreten unterbrochen hatte: »Ich habe zig Millionen in dieses Haus gesteckt, und was mache ich jetzt?« schrie er. »Wer, bitteschön, kauft sich hier schon eine Wohnung, wenn er diese stinkenden Baracken vor seinem Fenster sieht?«

Die anderen rauchten und blickten zu Boden, manch einer schüttelte den Kopf, um Paolelli beizupflichten, daß es sich um eine wirklich untragbare Situation handelte.

»Meine Herren ...«

Es war Paci. Das macht er immer so, er fängt an zu reden und verstummt dann sekundenlang, um so die Aufmerksamkeit aller auf sich zu ziehen. Außerdem ist es sein Beruf, auf Versammlungen zu sprechen. Das merkwürdige ist, daß er auch in einem Gespräch unter vier Augen diese Taktik anwendet. Er sagt: »Ich denke, daß ...«, und verstummt, um sicherzugehen, daß der andere ihm zuhört. »Vielleicht sollte man ...«, und schaut zu Boden, um ein Höchstmaß an Konzentration zum Ausdruck zu bringen. »Meines Erachtens ...«, und bläst Rauch, den er vorher eingezogen hat, durch die Nasenlöcher. Die Leute sind gefesselt und hören ihm zu wie einem Orakel, auch wenn er immer dasselbe sagt und sein »Erachten« immer dasselbe ist.

»Meine Herren, ich denke, daß ...«

Jeder suchte sich die bequemste Stellung, um Pacis Rede über sich ergehen zu lassen, der eine, indem er die Beine übereinanderschlug, der andere, indem er die Arme hinter der Stuhllehne verschränkte, um die Wirbelsäule zu dehnen. Die weißen Vorhänge vor den großen Fenstern ließen kaum einen Sonnenstrahl durch und machten das Tageslicht unwirklich, verwandelten es in einen falschen Schein, eine Zellhülle, die uns zusammenklebte.

»Meine Herren, ich denke, der Moment ist gekommen, eine wie auch immer geartete Entscheidung zu treffen, *auch* wenn sie drastisch ist«, wobei er die Stimme beim »auch« hob. »Der Stadtrat hat zum wiederholten Mal den Beweis für seine Taubheit gegenüber den Problemen der Bürger geliefert. Angesichts einer solchen Unsensibilität werden der Verantwortungssinn und die Geduld, die wir bis jetzt gezeigt haben, zu Duckmäuserei, sie werden zu Feigheit ...«

Die Köpfe hoben und senkten sich zum Zeichen der

Zustimmung. Einige ließen sich ein »Richtig!« entschlüpfen.

»Außerdem, wenn wir keine Reaktion zeigen, so ist dies ein Zeichen der Schwäche, das sich als entscheidend erweisen kann. Das dürfen wir nicht zulassen, denn wir *sind nicht* schwach...«

»Gut gesagt!«

Aus der sich daraus entwickelnden Debatte gingen zwei Fraktionen hervor: auf der einen Seite diejenigen, die eine Demonstration organisieren wollten, die an der Piazza ihren Ausgang nehmen und am Zigeunerlager enden sollte, »wobei darauf geachtet werden muß, daß die größten Hitzköpfe unter Kontrolle gehalten werden, damit die Situation nicht aus dem Ruder läuft«, fügte Paci hinzu; auf der anderen Seite diejenigen, die wie Daniele dazu rieten, noch ein letztes Mal den diplomatischen Weg einzuschlagen, um die richtigen Leute für eine endgültige Klärung hinter sich zu scharen.

Schließlich wurde auch ich um meine Meinung gefragt und äußerte sie. Ich sagte, daß es nur einen Weg gebe, dieses Problem wieder in den Mittelpunkt des Interesses zu rücken, und zwar, indem etwas Gravierendes geschehe. Es gebe keine andere Lösung. Ich fügte hinzu, daß ich mir sicher sei, die Zustimmung des Architekten Paci zu finden, trotz seiner kurz zuvor ausgesprochenen Ermahnung, keine allzu ungestümen Gemüter hineinzuziehen, die bestimmt nur der Form halber geäußert worden sei, wie alle Anwesenden ja wohl wüßten. Paci deutete ein Lächeln an, die anderen wandten den Blick ab. Mein Vorschlag ging allerdings nicht dahin, einen Scheinzwischenfall zu inszenieren, sondern einen echten Überfall. Es dürfe keine Toten geben, führte ich aus, um die Gemüter zu beruhigen, da sonst die Angelegenheit nicht mehr steuerbar wäre und sich gegen uns wenden würde. Keine Toten also – aber fast. Es genüge, ein paar der mutigsten und motiviertesten Burschen zu beauftragen und ihnen materielle und moralische Unterstützung zukommen zu lassen.

»Und die Leute? Und das Viertel?« fragte Daniele besorgt.

Ich antwortete, die Leute wollten doch nichts weiter, als daß irgend jemand ihr Problem löst, dessen sei ich sicher. Den Leuten und insbesondere denjenigen, denen das Komitee Rechenschaft ablegen muß, widerstrebt es zu handeln, aber sie haben nichts dagegen, wenn jemand anderer für sie die Initiative ergreift. Unmittelbar nach der Tat werden sich einige aufregen, aber die Mehrheit wird nur so tun. Sie wird sagen: Ja, gewiß, man darf niemals Gewalt anwenden, allerdings, wenn man es recht bedenkt ... Der übliche Unsinn eben. Auch wir als »Komitee City 2000« werden dasselbe sagen. Wir werden den Vorfall bedauern, aber auch hervorheben, daß dies die Folgen einer fehlgeleiteten Demokratie seien, eines zwanghaften Bemühens, Menschen dazu zu bringen zusammenzuleben, die viel lieber getrennt leben wollen. Die eine oder andere Zeitung wird uns unterstützen, und wir sollten zu erkennen geben, daß wir sie schätzen, wir machen im Viertel Werbung für sie. Dann wird sich die Gemeinde erneut mit dem Problem befassen, das dann vielleicht in unserem Sinne gelöst wird. Einen anderen Weg gibt es nicht.

Alle pflichteten mir bei. Paci fügte sogleich hinzu, daß man zwei Minderjährige aussuchen müsse, die im Fall, daß die Sache schiefging, keine besonders schweren Strafen zu erwarten hätten. Und Molteni verpflichtete sich, für den Fall, daß die beiden jungen Leute geschnappt würden, unter den aufgeschlossensten Bürgern des Viertels Geld zu sammeln, um ihnen einen guten Rechtsbeistand verschaffen und sie in angemessener Weise für ihr Opfer entschädigen zu können. »Arme Burschen«, fügte er hinzu, »man kann doch nicht zulassen, daß sie ihr Leben ruinieren.« Daniele übernahm es, zwei vertrauenswürdige Personen auszuwählen, und meinte abschließend, es handle sich ja nun nicht gerade um eine besonders gefährliche Aufgabe. Ein Moped und eine Flasche, das genüge.

Draußen war Wind aufgekommen, der Regen gebracht und die Vögel auf den umliegenden Feldern aufgescheucht hatte, schwarze Wolken aus Vögeln, die Zuflucht in den Bäumen suchten. Daniele kam und beglückwünschte mich. »Paci war sehr zufrieden mit dir«, sagte er. Aber ich sah unverwandt auf die Staubböen draußen, die die Pinien zerzausten. Ich stellte mir vor, wie der Wind nach Staub und Wasser riecht, und jene Feuchtigkeit, die, wenn es Abend wird, aufsteigt und sich auf dem Gesicht niederschlägt.

Als alle anderen hinausgegangen waren, hörte ich, wie Giorgio Daniele fragte: »Und, hast du es ihm gesagt?«

»Noch nicht, ich sag's ihm jetzt.«

Er legte mir einen Arm um die Schultern und schlug vor, ins Atrium hinunterzugehen. »Wir bauen da eine gute Truppe auf«, sagte er. »Leute, die sich Mühe geben, hab ich recht? Nicht wie die Typen, die nur reden und weiter nichts. Die, die ich meine, sind alles hohe Tiere, und sie denken alle genauso wie wir.« Er sah abgespannt aus, er hatte seinen Hemdkragen aufgeknöpft, und eine von Gel zusammengehaltene Haarsträhne war ihm in die Stirn gefallen.

»Aber ich wollte dir noch etwas anderes vorschlagen. Samstag abend findet eine Art Fest statt, bei einem von denen in der Villa. Der Mann ist in Ordnung, hat einen guten Posten. Wir sind schon ein paarmal dagewesen, es ist prima. Und da wär's nicht schlecht, wenn du auch kommen würdest. Es ist ganz zwanglos, alles Freunde, keine albernen Vorurteile. Schließlich leben wir im Jahr zweitausend, nicht? Wir sind alle erwachsen, und wenn man beisammen ist, ist man beisammen ...«

Er sah mich mit einem seltsamen Fieber in den Augen an, und ich merkte, daß er mir etwas zu verstehen geben wollte, auch wenn ich nicht begriff, was. »In Ordnung, wenn du meinst, ich sollte kommen, dann komme ich.«

Er lachte. »Ja, aber da ist noch etwas. Du kannst nicht allein kommen.« Er hielt einen Augenblick inne, und dann fragte er: »Hast du eigentlich jemals diese Spiele mit deiner Frau und anderen Paaren zusammen gemacht?«

»Nein.«

»Ich schon. Wir machen das ab und zu. Es ist nichts Schlimmes dabei, alle machen das. Man muß nur darauf vorbereitet sein, deshalb hab ich's dir gesagt. Die Partner werden getauscht, man bleibt eine Nacht zusammen, und wer sich gefunden hat, hat sich gefunden. Nach Hause gehen alle wie immer. Es gibt keine Verpflichtungen, jeder macht, wonach ihm ist, ganz frei. Ich und Silvana gehen hin. Giorgio und seine Frau kommen auch. Wenn du willst, kannst du auch kommen, mit Laura.«

»Ich könnte mir schon vorstellen, daß Laura Interesse an so einem Abend hätte«, antwortete ich. »Schade nur, daß sie seit einiger Zeit nicht mehr bei mir lebt, und außerdem glaube ich, daß sie sich schon selbst um einen Tausch gekümmert hat.«

»Ach, stehen die Dinge zwischen euch immer noch so?«

Er heuchelte, auch wenn er seine Rolle gut spielte. »Nein, sie lebt weiterhin bei ihrer Mutter.«

»Du solltest mit Italo darüber reden«, riet er. »Er kann dir helfen. Erzähl's ihm, er wird das Problem schon lösen.«

»Nicht nötig. Du hast es ihm sicher schon erzählt. Glaubst du, ich weiß nicht, daß du ihm alles sagst, was bei mir zu Hause vor sich geht? Allerdings habe ich nicht den Eindruck, daß Italo bisher besonders viel unternommen hat.«

»Vielleicht wartet er darauf, daß du dich ihm anvertraust...«

Sicher war er der Meinung, daß meine Zurückhaltung unkorrekt war, nicht seine Indiskretion. Meine Weigerung, die Gesetze der Gruppe zu akzeptieren, war unpassend und sogar ein bißchen beschränkt, nicht seine Hörigkeit und die völlige Aufhebung seines Willens in dem von Italo.

»Okay«, erwiderte ich. »Ich werd's ihm sagen.« Wahrscheinlich stimmt es ja auch, auf lange Sicht werde ich mich nicht vor der Entscheidung drücken können, endgültig ein Teil dieser Welt zu werden. Dann werden sich die Leute nicht mehr abrupt umdrehen, wenn ich eine Tür öffne.

Heute abend ist dann dieses gänzlich Unerwartete passiert. Silvana lag vor mir auf dem Sofa, rieb sich mit der Hand zwischen den Beinen und preßte die Lippen in einer wütenden Grimasse aufeinander. Wir hatten den Abend zusammen verbracht, sie mit müdem Gesichtsausdruck und Daniele mit seinem üblichen ungezügelten Enthusiasmus. Es war ein Abend wie andere auch gewesen, ich erinnere mich nicht einmal mehr, worüber wir gesprochen haben. Vielleicht über Laura, vielleicht habe ich Silvana wieder einmal aufgefordert, mir eine Erklärung für das unbegreifliche Verhalten ihrer Schwester zu geben. Das ist inzwischen unser Standardthema, wenn wir uns sehen. Oder nein, vielleicht haben wir diesmal über ihre Pläne gesprochen, über die Möglichkeit des Kinderkriegens. Ja, darüber haben wir gesprochen, über die Tatsache, daß Silvana gerne einen Sohn wie Davide hätte und daß er, wenn es ihr eines Tages gelingen sollte, Daniele zu überzeugen, genauso wie Davide sein müßte. Dann haben wir uns verabschiedet, doch als Daniele den Motor anließ, um mich nach Hause zu fahren, merkte ich, daß ich meine Tasche vergessen hatte. Ich nahm die Haustürschlüssel, um Silvana nicht zu stören, denn ich dachte, daß sie schon ins Bett gegangen wäre. Ich schloß auf, trat leise ein, ging ins Wohnzimmer, wo ich meinen Aktenkoffer gelassen hatte, und traf sie so an, mit zerzaustem Haar und völlig verwirrt, eine Hand im Slip.

Wir starrten uns die ganze Zeit an, ohne etwas zu sagen, wie Figuren eines Gemäldes. Sie unterbrach ihr Tun nicht, sie fuhr nur kurz zusammen, überrascht, mich hereinkommen zu sehen, doch dann machte sie noch wilder als zuvor weiter. Erst als ich eine Bewegung auf sie zu machte, unterbrach sie sich und bedeutete mir mit dem Blick, es ja nicht zu versuchen. Also blieb ich in der Tür stehen und sah ihr erstaunt zu. Unten auf der Straße fing ein Hund an zu bellen. Ungeduldig hupte Daniele zwei- oder dreimal, aber ich rührte mich nicht. Ich wandte den Blick nicht ab, bis sie erschöpft zur Ruhe kam. Erst dann faßte ich mich wieder, nahm die Tasche und ging hinunter. Ich war schon im Hauseingang, als ich Danieles Stimme aus dem Auto nach mir brüllen hörte: »He, wie sieht's aus, hast du deine verdammte Tasche endlich gefunden? Würdest du gefälligst endlich runterkommen?« Ich stieg ein, gab ihm die Schlüssel zurück, und wir fuhren los. Bis wir bei mir zu Hause waren, war ich außerstande, auch nur ein einziges Wort herauszubringen.

GESTERN habe ich mich mit meinem Vater gestritten, aber ich fürchte, ich habe es zu weit getrieben. Davide lebt jetzt fest bei meinen Eltern. Laura hat ihn völlig vergessen, und ich weiß nicht, wie ich mich um ihn kümmern soll. Weder Papa noch Mama beschweren sich, obwohl ich außer Davide auch noch Amico ihrer Obhut anvertraut habe. Im Gegenteil, sie scheinen mir recht zufrieden und wirken sogar jünger. Ihre Gewohnheiten haben sie vollkommen umgestellt, und täglich gehen sie jetzt aus dem Haus. »Um das Kind abzulenken«, sagen sie, aber ich sehe ihnen an, daß sie fröhlich sind wie seit Jahren nicht mehr. Letzten Samstag haben sie sich ins Auto gesetzt und sind für zwei Tage nach Amalfi an die Küste gefahren, wo sie seit ihrer Hochzeitsreise nicht mehr waren. Sie kamen mit Souvenirpäckchen beladen und außer sich vor Freude zurück.

Gestern abend habe ich sie besucht. Sie wohnen ganz in der Nähe des Flughafens, vom Fenster aus kann man in der Ferne die Startbahn sehen, und wenn der Wind vom Meer her weht, ist das Haus erfüllt vom Kerosingestank der Flugzeuge. Am Stadtrand von Fiumicino, wo Gras wächst und man fast schon die schaumigen Wellen erkennen kann, reihen sich eingeschossige Häuschen aneinander, mit Bretterzäunen davor, die blau, grün oder weiß angemalt sind. Den meiner Eltern haben wir grün angestrichen.

Als ich kam, spielte Davide gerade mit Amico am Gartentor. Sie sind inzwischen unzertrennlich. Die zwei-, dreimal, die der Hund allein hinausläuft, um auf der großen Wiese vor dem Haus sein Geschäft zu verrichten, verbringt Davide in Sorge. Da mein Vater ihm verboten hat, weiter als bis zum Tor zu gehen, bezieht er genau auf der Schwelle Posten, einen Arm aufgestützt, den Kopf vorgereckt, und wartet. Er braucht nie lange zu warten, denn Amico beeilt sich, und da er weiß, daß sein kleines Herrchen um ihn bangt, widersteht er auch der Versuchung herumzustreunen, die ihn manchmal überkommt: Er beachtet nicht einmal die frechen Katzen, die mit aufreizender Gelassenheit vor seiner Nase vorbeistolzieren, und er hält sich auch nicht damit auf, die Laternenpfähle oder die Reifen der am Straßenrand geparkten Autos zu beschnuppern. Höchstens wirft er mal einer der streunenden Hündinnen, die von Zeit zu Zeit in unserer Gegend auftauchen, einen Blick nach, aber es ist wirklich nie mehr als ein flüchtiger Blick, und dann läuft er sofort zu Davide, der ihn bleich vor Erregung erwartet, als kehre Amico von einer schrecklich gefahrvollen Unternehmung zurück. Dann liegen sie sich lange in den Armen. Mein Sohn, der auf den Steinen sitzt, die das Nelkenbeet begrenzen, läßt den Hund zu seinen Füßen niederkauern, läßt ihn die Schnauze auf seine Beine legen und schmiegt dann seine Wange an den Kopf des Tiers, das unverzüglich die Ohren anlegt. Und dann sagen sie sich Gott weiß was, Wange an Wange und ganz, ganz leise erzählen sie sich Gott weiß was für Abenteuer.

Ich habe einen ruhigen Abend verbracht. Ich gab Davide zu essen und brachte ihn dann ins Bett. Wie jeden Abend weinte er ein bißchen, bevor er einschlief, weil er wollte, daß der Hund bei ihm schlief.

Als ich sein Zimmer verließ, wartete mein Vater schon auf mich. »Ab und zu erinnerst du dich also noch daran, daß du einen Sohn hast.«

Er füllte zwei Gläser und setzte sich in den Sessel. Seine Augen waren wäßrig, und das waagerecht einfallende Licht der Lampe betonte die Falten in seinem Gesicht. Seiner Miene entnahm ich, daß er verlegen war. Er ist so wenig daran gewöhnt, wütend auf mich zu sein, daß er die paar Male, wenn er es ist, ein gequältes Gesicht macht, als ob er mich schon im selben Augenblick um Verzeihung bittet. »Was meinst du, wie es ihm geht?«

»Ausgezeichnet. Er ist glücklich hier. Mit dem Garten, dem Hund ... Außerdem versteht er sich ja auch sehr gut mit euch.«

Er warf mir einen mißbilligenden Blick zu: »Er ist nicht glücklich. Es mag bequem sein, aber es hat keinen Sinn, daß du dir das einredest. Glücklich wäre er, wenn ihr hier wärt, du und deine Frau. Wir sind die Großeltern, das ist nicht dasselbe.«

»Ich weiß, aber was soll ich denn machen? Es ist nun einmal so, ich kann mit Laura nicht mehr zusammenleben, ich begreife sie nicht mehr, ich weiß nicht, was sie will. Und ich bin von morgens bis abends durch die Arbeit eingespannt.«

Es war warm im Haus, zu warm, fast so, als wäre man in einer Zelle eingeschlossen. Meine Eltern sind allergisch gegen Zugluft, sie haben ständig Angst, Davide könne sich erkälten. Sie haben sogar extra einen Luftbefeuchter gekauft, und mein Vater raucht nicht mehr im Haus.

»Die Arbeit! Ich habe auch gearbeitet, was meinst denn du?« brach es aus ihm hervor. »Ich habe gearbeitet, und wie! Aber darüber habe ich nie dich oder deine Mutter vergessen.«

»Aber Papa...«

»Trink, und laß uns eine Zigarette rauchen, ich muß mit dir reden... Jetzt, wo Davide schläft. Du bist ein anderer Mensch geworden, ich erkenne dich nicht wieder. Du bist zynisch, du denkst nicht mehr nach, du hast keinen Spaß mehr. Was führst du für ein Leben? War es nicht besser, als du mit mir zusammengearbeitet hast? Warst du damals nicht freier? Du hast getan, was du wolltest, und mußtest dich vor niemandem rechtfertigen.«

»Das war keine Arbeit, die ich mein Leben lang hätte machen können.«

»Und warum nicht? Habe ich sie etwa nicht mein Leben lang gemacht? Wenn du etwas Besseres gefunden hättest, gut. Aber was du jetzt machst, das ist keine Arbeit, das ist Gaunerei! Hingehen und die armen Leute übers Ohr hauen, um einen Lump reich zu machen, der noch schlimmer ist als du! Wie hältst du das nur aus? Ich bin dein Vater, ich darf dir so etwas sagen. Wie kannst du nur so etwas machen, ohne Skrupel zu haben?«

»Es belastet mich überhaupt nicht. Diese Skrupel haben keinen Sinn mehr. So ist es nun mal, Papa, du mußt dich damit abfinden. Wenn nicht ich, dann würde es ein anderer tun. Du lebst noch in den Zeiten, als die Armut geachtet wurde. Wenn du heute arm bist, bist du nichts. So ist es nun mal, ein Kampf jeder gegen jeden. Entweder du stehst hier, oder du stehst da. Entweder du bist Opfer, oder du bist Henker, eine andere Möglichkeit gibt es nicht. Wenn du Glück hast, kennst du jemanden, der sich deiner annimmt. Was die Anlage deiner Ersparnisse angeht, hast du mich, und wenigstens in dieser Hinsicht kannst du beruhigt sein. Aber was den Rest angeht, paß auf. Wenn du einem Hai über den Weg läufst, frißt er dich, ohne mit der Wimper zu zucken.«

Er wird langsam alt, mein Vater. Das ist mir heute klargeworden. Vor lauter Unduldsamkeit erhob er sich dauernd vom Sessel, mußte sich aber jedesmal am Tisch abstützen. Er ist auch ein bißchen krumm geworden. Ich sah ihn an und verglich ihn mit dem Foto, das eingerahmt auf dem Fernseher steht und ihn am Tag seiner Hochzeit zeigt, mit dunkler Haut und pomadisiertem Haar. Er hatte begonnen, mit gesenktem Kopf im Zimmer hin und her zulaufen. »Du weißt, daß ich nie etwas gegen die Reichen gehabt habe. Ich habe in meinem Leben viele Reiche gekannt, die bereit waren, mir Gutes zu tun, ich habe ihnen gegenüber nie Groll empfunden. Ich glaube sogar, daß ich mehr als einem von ihnen geholfen habe, soweit ich konnte. Als du mir gesagt hast, daß du studieren willst, habe ich nicht einen Augenblick gezweifelt. Du wolltest werden wie sie, gebildeter als ich, gescheiter als ich. Verdammt noch mal! Ich hatte meine Vorstellungen! Einen Sohn zu haben, der gut reden kann, der keine so mühselige Arbeit macht wie ich ... das war mein Traum! Statt dessen treibst du dich mit diesen Hungerleidern herum, Leuten ohne Bildung und ohne Beruf. Was bieten sie dir bloß? Welche Befriedigung hast du, wenn du für sie arbeitest? Sie sind dir weder über- noch unterlegen, sie sind nicht deine Freunde ... nichts, sie sind Schmutz!«

»Ach Papa! Warum kannst du nicht endlich begreifen, daß es überhaupt keine Rolle spielt, was man kann und weiß? Nicht im geringsten! Du lebst noch in der Welt, in der du aufgewachsen bist. Heute zählen Typen wie Italo, ehemalige Hungerleider, wie du sie nennst, ja, aber sie nutzen die Wut in ihrem Bauch, um hochzukommen. Sie kennen alle und jeden, tun jemandem einen Gefallen und bekommen zehn zurück, und sie haben keinerlei Skrupel. Jeder kümmert sich um seine eigenen Angelegenheiten, Papa! Und das ist richtig so! Mit seinen Freunden setzt man sich zum Essen zusammen, aber man arbeitet nicht mit ihnen.«

Er sprang auf, er mußte wirklich wütend sein. »Blödsinn! Ich mußte mich niemals mit Leuten zusammentun, die ich nicht mochte! Ich habe es immer so gemacht, wie es mir paßte. Bis heute.«

»Du hast das nie nötig gehabt, weil du nie den Mut gehabt hast, dich zu beweisen, du hast dich arrangiert!« Ich weiß nicht, warum ich das gesagt habe. Stimmt, es ist meine Meinung, aber bis zu diesem Augenblick wäre es mir nie in den Sinn gekommen, sie auszusprechen. »Als es notwendig war, als ich keine Arbeit fand, hast du da etwa nicht mit jedem gesprochen, der mir eventuell helfen konnte? Ist es nicht so? Hast du nicht dafür bezahlt, damit ich eine Arbeit fand?«

Er erstarrte und warf einen Blick zum anderen Zimmer hin. »Mein Sohn, ich hätte nie geglaubt, daß man Mut an diesen Dingen mißt. Offensichtlich sind wir wirklich grundverschieden. Es stimmt, um dir zu helfen, habe ich gebukkelt. Aber um deinet-, nicht um meinetwillen. Ich weiß nicht, wie ich es ausdrücken soll, aber für mich ist das ein Unterschied. Und ja, ich habe bezahlt, ich hatte keine andere Wahl. Ich schäme mich nicht dafür, daß ich bezahlt habe, ich mußte es tun. Schämen würde ich mich nur, wenn ich mich bezahlen lassen würde. Begreifst du den Unterschied? Alles in allem war ich froh darüber, ihnen das Geld in den Rachen zu werfen, denn so hatte ich mit diesen widerlichen Schweinen nichts mehr zu tun! Aber du, du lebst mitten unter ihnen, du wälzt dich im selben Schlamm ...«

Wir beruhigten uns wieder. Ich saß auf dem Sofa, er auf dem Sessel. Beide mit gesenktem Kopf, um uns nicht ansehen zu müssen. Meine Mutter kam herein, sie trat von einem Fuß auf den anderen, als ob ihr etwas unter den Nägeln brenne. »Das sagt er um deinetwillen, nicht um seinetwillen«, wandte sie sich an mich. Wahrscheinlich hatten sie sich vorher abgesprochen.

Mit einem müden Lächeln meinte mein Vater abschließend: »Wie auch immer, was ich dir eigentlich sagen wollte, hat nichts mit dem zu tun, worüber wir bis jetzt gesprochen haben. Ich habe die Striemen auf Davides Beinen gesehen.

Ich weiß nicht, bei wem du so etwas gelernt hast. Ich habe dich niemals auch nur angerührt.« Er sprach mit dünner Stimme. »Aber eins sollst du wissen: Wenn ich noch einmal mitbekomme, daß du ihn so schlägst, dann nehme ich alle Kraft zusammen, die mir geblieben ist – was zwar nicht besonders viel, aber auch nicht wenig ist –, und dann kriegst du es mit mir zu tun. Das ist mein voller Ernst, das kannst du glauben.«

Dann stand er auf und ging in sein Zimmer. »Wenn du wenigstens«, schloß er gehässig, »etwas geworden wärst. Aber du bist immer ein Niemand geblieben.«

HEUTE morgen war ich bei der Identifizierung. Sie fand in einem großen grauweißen Raum statt, unter großen summenden Neonleuchten. Der Bedienstete drehte an einem Griff, zog heftig daran, und das Schubfach begann mit dem Geräusch gut geölter Lager auf uns zuzugleiten. Unter dem weißen Leintuch erschienen zuerst die Fußspitzen, dann die Wölbung des Bauchs. Schließlich kam eine etwas verklebte schwarze Haarsträhne unter einem Zipfel zum Vorschein. Jemand hob das Tuch, und ich sagte ja, vielleicht etwas zu früh.

Laura war ganz schwarz, aufgequollen wie ein zusammengeschlagener Boxer. Ein Bluterguß entstellte ihre rechte Schläfe bis zur Augenhöhle. »Ja«, wiederholte ich, »sie ist es.« Der Richter diktierte einem Polizisten etwas, während der Bedienstete meine Frau wieder zudeckte und das Schubfach in die ursprüngliche Position zurückschob, genauso langsam, wie er es herausgezogen hatte; auf halber Strecke mußte er ein bißchen Kraft aufwenden, weil ihr Bauch aufgebläht war und gegen die Wand stieß. Das Fach schloß sich mit einem Klick, und: adieu, Laura.

Es ist gestern abend passiert. Ich erinnere mich jetzt kaum

mehr daran, wie es sich abgespielt hat. Ich sehe nur noch die mächtige Nachmittagssonne vor mir, die alles erstickte. Ich war auf dem Nachhauseweg, und ich weiß nicht, warum ich auf einmal die Via Portuense entlangfuhr. Dann, als es mir ins Bewußtsein drang und ich überlegte umzukehren, machte mir der Gedanke angst, die ganze Strecke zurückfahren zu müssen, so daß ich entmutigt weiterfuhr. Diese Bombe aus Licht vor mir machte keine Anstalten nachzulassen, ich hätte am liebsten aufgehört, nach Luft zu schnappen, und wäre zu gerne in sie hineingerollt, aber ich trieb in einem Meer aus Hitze und Stille, das mich weitertrug, ich fand keinen Halt. Ich kurbelte die Fenster herunter, ein roter Wind blies mir ins Gesicht. Ich fuhr, knirschte mit den Zähnen, umklammerte das Lenkrad mit den Händen und riß unter Qualen die Augen auf, um das Fieber zu besiegen, das der Nachmittag über mich warf.

Ich weiß nicht, wie lang ich so gefahren bin, ich glaube, daß der Abend auf einmal innehielt und Anlauf nahm, um besser hereinbrechen zu können. Als plötzlich der Schleier aus geschmolzenem Metall vor meinen Augen wegglitt und die Dinge wieder ihre gewohnten Farben und beruhigenden alltäglichen Formen annahmen, war ich schon in Tor Boacciana, hundert Meter von dem Hafenbecken entfernt, wo Laura auf ihren Liebhaber wartete. Dableiben oder wegfahren, eins war so gut wie das andere. Ich ließ den Wagen an der Straße stehen, die zum Fluß hinunterführte, versteckte ihn im Schilf, damit der Freund meiner Frau ihn nicht sah, und ging zu Fuß hinunter. Ich war entschlossen, zusammen mit ihr auf ihn zu warten, um die Sache ein für allemal zu

Ende zu bringen. Als Laura meine Schritte auf den Deckplanken hörte, dachte sie, es wäre er, und ging zur Treppe, die von der Kabine an Deck führt. Sie stand schon auf der ersten Stufe, ihre Augen leuchteten vor Freude, wie ich es nie gesehen hatte, doch als sie mich erkannte, erstarrte ihr Blick zu Eis. Sie drehte mir den Rücken zu, ohne mich auch nur zu grüßen. Nur ein frostiges: »Was willst du hier?« Und dann: »Warum?«, eher enttäuscht als wütend. Mehr nicht. Dann setzte sie sich, regungslos, mit diesem katatonischen Blick, der für mich inzwischen zu einer Zwangsvorstellung geworden war.

Der Tiber wurde immer unruhiger und sog mehr und mehr Licht in sich auf. Ein Stück Holz, ein Boot oder das kleinste Stückchen Muschelschale am Ufer genügte, um mir Peitschenhiebe aus Sonnenlicht zu versetzen, die mir heimtückisch die Schläfen zusammenpreßten. Das erstemal ohrfeigte ich sie, um sie aufzurütteln, doch es nutzte nichts. Laura bewegte kaum den Kopf. Dann geschah alles einfach so, wie in einem schlechten Film, ohne daß wir auch nur ein einziges Wort wechselten. Als ich Laura zum zweitenmal schlug, sprang sie auf und griff nach einem Messer. »Hau ab.« Sie sprach wie ein Automat, mit eisiger Ruhe und tonloser Stimme. Wir bewegten uns auf wenigen Quadratmetern, eingeklemmt zwischen dem im Boden verankerten Tisch und einer Anrichte. Lauras Lippen waren aufeinandergepreßt, waren zu einer geraden feinen Linie geworden, die dieselbe Farbe hatte wie ihre Haut. Auf einmal schien es mir, als ob der Fluß aus dem Bullauge spritzte und den Himmel in Sturzseen in die Kabine erbrach, und da schlug ich sie noch einmal und noch einmal, wie lange, weiß ich nicht mehr. Sie stieß mit dem Nacken gegen die Kante der Anrichte, und der Schmerz, der ihr Gesicht verzerrte, durchbrach endlich die versteinerte Maske. Doch das stachelte mich nur noch mehr an, und ich schlug immer weiter auf sie ein. Erst als eine plötzliche und sanfte Ruhe aus dem Magen in meinen Kopf stieg, ließ ich von ihr ab.

Ich wußte nicht, was ich tun sollte. Ich zog mein Hemd aus und wischte aufs Geratewohl ein paar Gegenstände um mich herum ab, von denen ich meinte, daß ich sie berührt hatte. Gut erinnere ich mich noch, daß ich die Stuhllehne abrieb, die Tischplatte und den Türgriff. Sicher machte ich auch die Kante der Anrichte an der Stelle sauber, wo Laura aufgeschlagen war. Dann folgte ich mechanisch meiner Erinnerung an einen Fernsehfilm, den ich irgendwo gesehen haben muß, nahm Lauras Hand und schlug sie auf den Boden, damit das Glas ihrer Uhr am Handgelenk zerbrach. Ich stellte die Zeiger eine halbe Stunde vor, auf zehn nach neun. Ich weiß nicht, warum. Doch ich tat es. Dann ging ich fort und ließ meine Frau dort auf dem Boden zurück, ihr Halstuch bedeckte zur Hälfte ihr Gesicht.

Ich hatte gerade wieder festen Boden unter den Füßen, als ich durch das Schilf die Scheinwerfer eines Autos schimmern sah, das rasch den Feldweg herunterkam. Das war bestimmt er. Ich versteckte mich und wartete, bis das Auto vorbeigefahren war, dann eilte ich zu meinem Wagen, indem ich zwischen Büschen und hohen Gräsern den Weg hinaufkletterte. Ich zitterte, doch gleichzeitig überlief mich ein Schauder der Befriedigung, als ich an die Szene dachte, die der Liebhaber vorfinden würde.

Ich startete den Motor, fuhr im ersten Gang und ohne Licht bis zur Landstraße und gab Gas. Ein Mondstrahl schwamm auf dem öligen Wasser, beinah versank er.

In der Stadt angekommen, ging ich in eine Bar, die von Studenten und städtischen Busfahrern frequentiert wird und die noch offen hatte. Ich trank, bis ich spürte, wie der Schrekken sich in einer unbestimmten Wärme auflöste, die mich beruhigte. Dann ging ich hinaus und nahm die erste Nutte, die ich fand. Spät in der Nacht war ich immer noch unterwegs, denn ich wußte nicht, wohin ich gehen sollte.

Ich ging auf dem Bürgersteig oder, besser gesagt, da, wo ich den Bürgersteig vermutete, der von einer zentimeterdikken Schicht aus Dreck und totem Laub bedeckt war. Da und dort lagen Müllhaufen, Reste von nächtlichen Feuerstellen und Coladosen, die im Mondlicht glänzten. Ab und zu drehte ich mich nach der Nutte um, mit der ich die Nacht verbracht hatte. Ich wußte nicht einmal, wie sie hieß. Ich wußte nur, daß sie Ausländerin war und kein Wort Italienisch verstand. In meiner Phantasie gab ich ihr den Namen Nena, nach einer Spielkameradin aus meiner Kindheit, deren Hautfarbe ähnlich dunkel gewesen war. Ein sizilianisches Mädchen, das immer ein Kleidchen mit verblaßtem Blumenmuster trug und ewig dreckige Knie hatte.

»Nena« gefiel mir, und ich habe die Absicht, sie wiederzusehen, denn sie ist keine von denen, die tun, als seien sie verliebt. Es ist ihre unverständliche, warme Stimme, die mir gefällt. Ihre Hand in meinem Nacken sagte mir, daß sie mich zumindest nicht haßte und mich verstand, auch wenn sie nichts von mir wußte. In dieser Nacht erwuchs schnell eine Art Einverständnis, das aus all den Dingen bestand, die wir uns nicht sagen konnten. Und als ich fertig war, sah ich, daß ihre weißen Augen, die Augen eines einsamen Tiers, geduldig auf mir ruhten, so wie eine liebende Mutter ihr Kind anblickt.

Ich lief, und je weiter ich kam, desto ohrenbetäubender wurde der Lärm der Preßlufthämmer, Bagger und Lastwagenmotoren, bis ich nicht mehr ausmachen konnte, woher er kam. Ich lief weiter, kletterte einen Abhang hinunter, eine Steigung hinauf, und plötzlich befand ich mich auf einem Feld voller Licht und gelber Erde, einer Art sonnenüberstrahltem Platz unter dunklem Himmel. Es war nicht möglich hinaufzuschauen, das Flutlicht, das sich über den Platz ergoß, trieb mir Tränen in die Augen. Die triefenden Rammbohrer bewegten sich ganz langsam bis hinauf zu den Laufrädern und rasselten dann herunter, zwängten sich in das schlammige Gelände, das prustete und sich bei jedem Schlag matt unter meinen Füßen aufbäumte wie ein kranker Körper.

Ein Arbeiter lief auf mich zu und schrie mir etwas entgegen. Ich sah ihn nicht besonders gut, er stand im Gegenlicht. Die dunklen Umrisse seines Körpers stachen gegen einen Lichtfleck auf der anderen Seite des Platzes ab. Er kam heran, und noch lauter brüllend fragte er mich, ob ich einen gewissen Eusebio gesehen hätte.

»Nein. Ich habe niemand gesehen. Ich arbeite hier gar nicht!« brüllte ich aus Leibeskräften zurück.

Fluchend schüttelte der Arbeiter den Kopf und wandte sich zum Gehen. Aber ich hielt ihn am Arm zurück und fragte: »He, was macht ihr da eigentlich? Baut ihr oder reißt ihr ab?« Laut lachend antwortete er mir und ging.

Ich setzte mich auf eine große, am Boden ausgebreitete Plastikplane neben eine herumliegende, noch halbverpackte Zapfsäule mit der Aufschrift AGIP, bei der sämtliche Liter- und Lireanzeigen auf Null standen. Ich war erschöpft. Ich erinnerte mich nicht einmal mehr genau, wieviel Zeit seit Lauras Tod vergangen war.

Doch alles in allem ging es mir nicht schlecht, und das überraschte mich ein wenig. Nach und nach gelang es mir sogar, in einer geschützten Ecke hinter den Zapfsäulen einzuschlafen. Als ich aufwachte, war es hellichter Tag.

ZWEITER TEIL

SEIT einer Woche verbringe ich jeden Morgen im Gerichtsgebäude. Anfangs waren es nur ein paar harmlose Unterhaltungen im ersten Stock, im Büro eines Polizeiinspektors, an dessen Name ich mich nicht erinnere, ein sehr junger Typ, der mich menschlich und höflich behandelte. Wir duzten uns, weil wir etwa gleichaltrig waren. Aber dann schickten sie mich nach oben zu einem Untersuchungsrichter namens Palmieri, und der schlug einen anderen Ton an. Die Verhöre wurden immer eindringlicher: Jeden Tag muß ich jetzt aufs Gericht am Piazzale Clodio, um dieselbe Leier von vorne bis hinten durchzukauen. Mein Gegenüber ist ein Typ mit Gel in den Haaren und runder Brille, der, wenn er mich ansieht, den Kopf wiegt und ein sehr seltsames, zugleich ironisches und ernstes Lächeln aufsetzt. Es ist, als wäre er immer kurz vorm Explodieren: »Schluß jetzt! Hör auf mit dem Theater und gestehe, daß du deine Frau umgebracht hast!«

Am ersten Tag, als ich vor dem Untersuchungsrichter stand, hatte ich die Absicht, alles zu gestehen. Ich muß zugeben, daß ich einen tiefen Frieden in mir spürte, nachdem ich diesen Entschluß gefaßt hatte. Ich dachte, ich sei an einem

Punkt angelangt, den alle früher oder später einmal erreichen und an dem man aus dem Nichts neu anfangen muß. Punkt, neuer Absatz, wie Laura immer sagte. Es ist mir egal, daß ich eingesperrt werde und ein paar Jahre im Gefängnis verbringe. Für einen Neuanfang ist ein Ort so gut wie der andere, und der Knast eignet sich ganz hervorragend dazu. Außerdem habe ich keine bessere Alternative.

Dann allerdings erfuhr ich von merkwürdigen Einzelheiten, und meine Pläne änderten sich. Zuerst handelte es sich lediglich um Gerüchte, denen ich keinen Glauben schenkte, bis sie mir dann vom Untersuchungsrichter selbst bestätigt wurden. Das erste, was mich stutzig machte, war die Tatsache, daß die Polizei nicht etwa an jenem Abend vom Freund meiner Frau gerufen worden war (dadurch hätte ich wenigstens endlich die Identität meines Nebenbuhlers erfahren), sondern erst am darauffolgenden Morgen zur Isola Sacra kam, als drei Angler, die zufällig dort vorbeikamen, die Leiche entdeckten und daraufhin über Notruf die Polizei verständigten. Darüber hinaus wurde Laura nicht in der Kabine und in Jeans und Pullover gefunden, wie ich sie zurückgelassen hatte. Nein, ihre Leiche wurde von den drei Anglern auf Deck bemerkt, genau unter der Reling, und mit »ihrem« oder »dem« Mantel bekleidet. Und schließlich fand die Polizei neben der Leiche die Glassplitter der Uhr, die immer noch die Zeit anzeigte, die ich eingestellt hatte, nämlich zehn nach neun.

Ich begreife weder, was da vorgefallen ist, noch warum Lauras Freund nicht die Polizei gerufen hat. Ich fühle mich von dieser Geschichte wie von einem Strudel aufgesogen, und ich weiß nicht, wie ich mich verhalten soll. Die anderen, die Verwandten meiner Frau, kommen mir vor wie Theaterschauspieler bei der hundertsten Aufführung des gleichen Stücks, sie spielen ihren Part auswendig. Morgens treffen sie sich im Gericht, sie kennen schon den Pförtner, den Barmann und die Sekretärin des Richters, der die Ermittlungen leitet. Ich nicht. Ich lebe mit einem schwarzen Fleck, der ein Teil von mir geworden ist. Er wächst in mir, genau hier in der Mitte meines Brustkorbs, zwischen Milz, Herz und Leber, ein neues Organ, das meinen Atem steuert. Es ist das Gefühl, daß mir etwas entgleitet, ein Bild oder ein Gegenstand, den mein Hirn gespeichert, dann aber in irgendeinem verborgenen Winkel abgelegt hat und nicht mehr wiederfinden kann.

Es ist, als wäre ich im falschen Film, mit vielen handelnden Personen. Da ist die Polizei, da sind die zur Zusammenarbeit bereiten Bürger, und da ist ein Mörder, nämlich ich, der die Polizei auf die falsche Fährte zu locken versucht. Vielleicht kommt er damit durch: Der fast unfreiwillige Einfall, die Zeiger von Lauras Uhr zu verstellen, hat bis jetzt funktioniert, und darüber hinaus kann ich jederzeit auf den Wirt der Bar zurückgreifen, wo ich nach dem Streit auf dem Boot Zuflucht gesucht habe. Es dürfte nicht allzu schwierig sein, einen Untersuchungsrichter reinzulegen, der mir ziemlich unbedarft und unerfahren zu sein scheint.

Tatsache ist aber, daß ich mir lieber eine andere Geschichte ansehen würde, in der die Menschen nicht im albernen Scheinwerferlicht der Fakten leben, sondern in der Dunkelheit, wo nie applaudiert wird, wo man sich windet und sich verstrickt. Ich möchte begreifen, warum unsere Handlungen uns an den und nicht an einen anderen Punkt führen. Nicht um Rechtfertigungen zu finden, ich glaube nämlich nicht, daß ich welche habe, und ich wüßte auch nichts damit anzufangen. Es ist vielmehr ein spontanes Gefühl, das ich nicht benennen kann, das mich aber dazu treibt, die Beziehung mit Laura zu verlängern. Ich möchte begreifen, ob uns, während wir uns von einem Tag zum anderen hangelten, ein Ast oder ein Arm, an dem wir uns hätten festklammern können, aus der Hand geglitten ist, oder ob der Fels, an dem wir abgerutscht sind, wirklich so kahl war. Ich weiß nicht, ob es eine Ordnung oder einen Plan in unserem Leben gab, etwas, das uns richtig erschien und von dem wir uns leiten ließen. Kurzum, ich möchte wissen, ob ich meine Frau einfach umgebracht habe, oder, was schlimmer wäre, ob ich nicht fähig war, sie zu retten.

Heute morgen habe ich Ida besucht, meine Schwiegermutter. Als ich klingelte, schliefen noch alle. Schließlich machte mir Silvana in einem lila Morgenmantel auf. »Ach, du bist es«, brummelte sie mit zusammengepreßten Zähnen aus schläfrigem Mund. Barfuß ging sie in die Küche. Sie machte die Espressomaschine fertig, zündete das Gas an und ging ins Schlafzimmer zurück. Ich wartete in der Küche, eingehüllt in die zu warme Stille der Wohnung. Es herrschte ein ungewohntes Durcheinander. In der Spüle standen lauter schmutzige Teller, ein Haufen bis zum Filter gerauchter Kippen quoll aus dem Aschenbecher auf dem Tisch, und ein geblümter Morgenmantel hing ganz zerknittert über einer

Stuhllehne, als ob er dorthin geschleudert worden wäre. Offensichtlich waren sie, entgegen der Gewohnheit in diesem Haus, aufgrund der abnormen Vitalität, die ein Todesfall immer mit sich bringt, am Abend zuvor erst sehr spät ins Bett gekommen.

Es war das erstemal seit dem Unglücksabend, daß wir uns privat wiedersahen. In den Tagen zuvor hatten sich unsere Wege auf den Korridoren des Gerichts gekreuzt, wo wir uns von den Bänken aus ansahen, auf denen wir ganze Vormittage mit dem Warten auf die Vernehmung zubrachten, während die Anwälte durch ihr Dazwischentreten unsere Grußzeichen verdeckten und unsere kurzen Wortwechsel unterbrachen.

Silvana ist die einzige, die sich nicht abwendet, wenn sie mich sieht. Alle anderen, Ida, Luana, Daniele drehen mir den Rücken zu, wenn ich vorbeikomme, und tuscheln miteinander. Ich bin sicher, daß sie, obwohl sie keinen einzigen Beweis gegen mich in der Hand halten, alles daransetzen, den Untersuchungsrichter gegen mich einzunehmen. Anders läßt sich die plötzliche Veränderung in ihrem Verhalten nicht erklären: Es ist nicht Gleichgültigkeit, es ist Ablehnung, Haß. Und genau deshalb habe ich mich heute morgen entschlossen, unter der Maske des leidenden Schwiegersohns der leidenden Schwiegermutter einen Besuch abzustatten, obwohl ich nicht die geringste Lust dazu verspürte. Ich mußte mir Klarheit darüber verschaffen, was sie ausheckten, mußte ihre Feindseligkeit aus der Nähe beschnuppern. Nur so konnte ich herausfinden, welche Entscheidung die beste war.

Als Silvana in die Küche zurückkam, drehte sie als erstes den Warmwasserhahn auf und verteilte Spülmittel auf die schmutzigen Teller vom Vorabend. Dann goß sie den Kaffee in zwei Täßchen, gab, ohne ein Wort zu sagen, eine davon mir, und schlürfte ihren Kaffee an den Gasofen gelehnt, um sich aufzuwärmen. Sie war noch ganz verschlafen. Zwischen den Abdrücken, die das Kissen auf ihrer Wange hinterlassen hatte, befand sich kaum erkennbar eine Schramme, und ihrem Blick sah man an, daß sie nur wenige Stunden geschlafen hatte. Sie verströmte einen säuerlichen Geruch von warmer Wolle und Schweiß. In letzter Zeit neigt sie zu Fettansatz, und sie schämt sich deshalb ein wenig. Ich bin sicher, daß ich kurz zuvor gehört hatte, wie sie sich kräftig Arme und Schenkel rieb, um die Falten wegzubekommen, die die Laken hinterlassen hatten.

»Schlafen die andern alle noch?« fragte ich, um das Schweigen zu brechen.

Sie antwortete mir widerwillig mit näselnder Stimme, die Hände hatte sie schon in den öligen Schaum des Spülwassers getaucht. »Mamma schon, weil ich sie gestern abend überreden konnte, ein Schlafmittel zu nehmen. Aber Daniele ist gerade aufgestanden.« Sie hatte sich keinen Slip angezogen. Das war unter dem feinen Stoff des Morgenrocks gut zu erkennen. Lauras Tod hat auch sie mit der zerstörerischen Wucht eines LKW getroffen. Vor einer Woche hätte Silvana um diese Uhrzeit eine dreiviertel Stunde, im Bad eingeschlossen, damit zugebracht, sich zu schminken, und herausgekommen wäre sie wie eine Hollywood-Schauspielerin.

Ich hatte gerade meinen Kaffee getrunken, als es an der

Tür klingelte. Es war Italo mit seiner Frau Luana und zwei Freundinnen der Familie. Innerhalb weniger Minuten brach ein lautstarkes Durcheinander aus, das Haus war erfüllt vom Gekreische der Frauen, die sich mit ihren Mitbringseln und Hilfeleistungen gegenseitig zu übertreffen suchten. Eine hatte Gebäck mitgebracht, eine andere warme Hörnchen, und wieder eine andere einen Mürbeteigkuchen mit hausgemachter Brombeermarmelade. Die eine wollte an Silvanas Stelle abspülen, die andere die Möbel im Wohnzimmer abstauben.

Dadurch wachte Ida schließlich auf, und kurz darauf lugte sie im Nachthemd aus ihrem Schlafzimmer und wurde von der Fürsorglichkeit ihrer Freundinnen in Empfang genommen. Unbemerkt ging ich ins Wohnzimmer. Im anderen Zimmer hörte ich Idas heiseres Weinen; immer wieder bat sie, jemand möge ihre Schwester Gilda von dem, was vorgefallen war, in Kenntnis setzen. Doch sie wurde vom Geplapper der Freundinnen übertönt, die sich darin zu übertreffen versuchten, ihr Mut zuzusprechen.

Ein Sonnenstrahl, dem es gelungen war, sich eine Bresche durch die Wolken zu schlagen, beschien jetzt das kleine rote Gebäude jenseits der Eisenbahn, genau gegenüber dem Fenster, an dem ich lehnte. Im Hof des Hauses, das einmal der Palazzo des hiesigen Gutsbesitzers gewesen war, hatten die neuen Bewohner, inzwischen alles alte Leute, die nach dem Krieg hierhergekommen waren, Holzbaracken errichtet, die sie als Hühnerställe oder als Abstellraum für Gerümpel benutzen, und auf einer kleinen frei gebliebenen Wiese wurde Wäsche getrocknet. Laura hatte sie alle gekannt, die

Frauen von da drüben. Während der Schwangerschaft hatte sie dort häufig die sonnigen Nachmittage verbracht, um zu schwatzen und sich alte Geschichten erzählen zu lassen, immer die gleichen: Geschichten aus der Zeit, als in Italien Krieg herrschte, die Schuhsohlen aus Pappe waren und man die Nudeln hundertgrammweise kaufte.

Die plötzliche Stille aus der Küche verriet mir, daß etwas vorgefallen war. Ich drehte mich um und sah Ida auf mich zukommen. Sie war verstört und starrte mich mit hervorquellenden Augen an, als stehe ein Gespenst vor ihr. Ihre Haare waren noch zerzaust vom Kissen, auf dem sie gelegen hatte, und standen oberhalb des Nackens ab. Sie ging so gebückt, daß es aussah, als ziehe sie eine gewaltige Last hinter sich her. Sie zitterte, sie zitterte am ganzen Körper, und ihre Gesichtsmuskeln bebten vor Wut und vor Entsetzen. »Du«, stieß sie mit hohler Stimme hervor, »was willst du hier?«

Ich brachte kein Wort heraus, so überrascht war ich, sie in diesem Zustand zu sehen. Deshalb rührte ich mich nicht, bis sie keuchend ganz nah vor mir stand. Mit der ganzen Kraft ihrer Stimme schrie sie mich an: »Verschwinde!!! Raus hier! Ich weiß, daß du es warst, ich weiß es! Du bist ein Ungeheuer!« Sie grub ihre Fingernägel in meine Wange und begann mich zu kratzen.

Luana befreite mich, indem sie Ida fortzog und zum Sofa führte, wo sie in sich zusammensank. Ich hörte, wie sie ihr aufmunternde Sätze ins Ohr flüsterte. Silvana, die sich inzwischen angezogen hatte, brachte mir ein Taschentuch, damit ich mir das Blut abtupfte, dann ging ich ins Badezimmer, um meine Wange abzuwaschen. Jetzt war ich es, der zitterte. Aber es war nicht die Wahrheit in Idas Vorwürfen, die mir Entsetzen einjagte, nein. Eher das Bewußtsein, daß diese Vorwürfe an sich ungerecht waren und deshalb um so heftiger und entschiedener vorgebracht wurden. Ida sprach auf der Grundlage eines uralten Vorurteils, einer Ablehnung meiner Person, deren Ursache ich nie verstanden, die zu fürchten ich jedoch gelernt hatte.

Kaum war ich aus dem Bad, stieß ich auf Italo, der mich schon erwartete. Er faßte mich sanft am Arm. »Besser, du verschwindest jetzt. Sie soll sich erst einmal beruhigen. Komm morgen in der Agentur vorbei, da reden wir dann.«

Merkwürdige Atmosphäre. Ida ist überzeugt, daß ich Laura umgebracht habe, aber gleichzeitig fragt sich kein Mensch, was zum Teufel meine Frau auf diesem Boot zu suchen hatte. Und Italo ist so seltsam sanft. Er lacht nicht mehr, dafür ist er fürsorglich, wie ich es gar nicht an ihm kenne.

Ich öffnete die Tür und blieb eine Zeitlang unbeweglich auf der Schwelle stehen. Nur das Getuschel der Frauen in der Küche war zu hören, die mit Sicherheit jetzt schon über mich herzogen. Und aus dem Eßzimmer drang ein Kratzgeräusch: Es war Silvana, die sich am Bein juckte, man hörte das genüßliche Schrappen der Fingernägel auf dem Strumpf.

DIE Unterredung mit Italo war die reinste Komödie. Er lief in einem fort im Büro auf und ab, hielt aber die ganze Zeit den Kopf gesenkt und hatte einen seltsamen Gesichtsausdruck. Ein bißchen böse vielleicht, aber angestrengt böse. Und mit Sicherheit verängstigt. Er fuhr sich mit der Zunge über die Lippen, stopfte das Hemd in die Hose, doch dann zog er nervös die Hand zurück und riß es wieder heraus. Er stand vom Stuhl auf und reichte seiner Frau ein paar Unterlagen, die sie unterschrieb und in die gelben und grünen Mappen auf dem Tisch zurücklegte, dann fuhr sie fort, die »Amica« durchzublättern, ohne auch nur den Blick zu heben.

»Mein Leben lang bin ich mit nichts anderem beschäftigt, als mir lästige Angelegenheiten vom Hals zu schaffen«, begann Italo. »Ich weiß wirklich nicht, warum diese Angelegenheiten sich wie Kletten an mich hängen. Obwohl ich nicht besser oder schlechter bin als andere.« Und um sich zu verteidigen, verzog er sein Gesicht zu einer jener Grimassen, die wir alle einmal so lustig gefunden hatten. Er verzog sein Gesicht dermaßen, daß er aussah wie ein Zirkusclown. Er tat, als betrachte er den Verkehr und die Wolken, die der Wind übereinandertürmte. Er gaukelte Selbstsicherheit vor, doch mit den Fingern trommelte er auf seinem Kinn. Er tat, als ob er nachdächte, doch in Wahrheit ging er nur noch einmal die Antworten durch, die er sich schon vor meiner Ankunft zurechtgelegt hatte.

»Warum fällt es so schwer, einfach zu sagen: Schwamm drüber?« fährt er fort. »Wäre doch so einfach. Zack! Einen Schnitt machen, wieder bei Null anfangen und sehen, wie weit man kommt. Die Leute müßten das von sich aus, aus freien Stücken machen, ohne viel Aufhebens.«

Das Telefon klingelt, aber Italo will offensichtlich nicht abheben. Unermüdlich versucht er die Haarsträhne zu bändigen, die ihm in die Stirn fällt. Auch Luana hebt nicht ab. »Laß es klingeln«, sagt Italo. »Ich mag jetzt nicht. Kennst du den? Den Witz von dem, der sich immer beklagt, daß er Durst hat?«

»Nein, den kenne ich nicht.« Es macht mir Spaß zu beobachten, wie er auszuweichen versucht, und ich genieße es zu sehen, wie er jedesmal in seiner angstvollen Unruhe steckenbleibt.

»Also«, sagt er, »einer beklagt sich, weil er Durst hat. ›Hab ich einen Durst! Hab ich einen Durst!‹ So läuft er durch die halbe Stadt. ›Hab ich einen Durst!‹ Am Ende bringt ihm ein Herr aus Mitleid und weil er die Geduld verliert einen Krug Wasser. Der Mann leert ihn in einem Zug und scheint endlich zufriedengestellt. Doch dann fängt er wieder an zu klagen, und zwar im selben Ton wie zuvor: ›Hab ich einen Durst gehabt! Hab ich einen Durst gehabt!‹ Das ist Italien, so machen es alle ...«

Das Telefon klingelt wieder, doch Italo scheint es überhaupt nicht mehr wahrzunehmen. Ich sitze still auf dem Sofa, als Zuschauer. Ich habe nichts zu sagen. Ich betrachte Luana. Sie hat sich auf das Sofa gesetzt und hält immer noch ihre »Amica« in der Hand. Sie tut so, als wäre sie ganz versunken, aber man sieht, daß ihr nicht ein I-Tüpfelchen des Gesagten entgeht. Der zu enge Lederrock ist seitlich hochgerutscht, so daß man ihre gedrungenen und behaarten Schenkel sieht. Ihre Strümpfe reichen ihr bis zur Hälfte der Oberschenkel, die Strumpfbänder pressen an einer Stelle das Fleisch zusammen, während es über dem Gummi ungehindert hervorquillt. Wie sehr Luana auch versucht, ihr Äußeres zu verschönern, irgend etwas paßt immer nicht. Mehr noch als die Schenkel verraten sie ihre Hände. Als sie jung und mittellos war, schlug sie sich als Wäscherin und Spülhilfe durch, und es ist, als ob Seife und Lauge von Hunderten Unterhemden und Tausenden Gläsern und Tellern immer noch aus ihren Fingerspitzen austräten, ihre Hände hart und rauh wie Schmirgelpapier und die Cremes rissig werden ließen, die sie jeden Morgen vergeblich aufträgt.

»Erinnerst du dich«, sagt Italo, »an damals, als du hier übernachtet hast, weil du dich mit Laura gestritten hattest?«

Er sagt es beiläufig, als handle es sich um etwas Nebensächliches, das ihm eben erst in den Sinn gekommen sei. »Ich erinnere mich, ja«, antworte ich. »Wenn Laura wütend war, gab es kein Mittel, sie zur Vernunft zu bringen. Wahrscheinlich hatte ich da mal unrecht.«

Er lacht: »Erinnerst du dich an den Morgen, als ich mit Patrizia, der Sekretärin, hereinkam und dich in Unterwäsche angetroffen habe? Gott weiß wieso, aber ich dachte, daß du mit der anderen Sekretärin bumst, mit Stefania, und ich fragte dich: ›Wo ist sie? Wo ist sie?‹ Aber du hast mich nicht verstanden, du warst noch ganz verschlafen. ›Wo ist wer?‹ hast du gefragt. Und ich: ›Wo wer ist? Spiel hier bloß nicht den Idioten.‹ Ich wollte dich beschützen ...«

Er lacht, als ob nie etwas geschehen wäre, doch ich spüre das Zischen der Wut, das sein Lachen wie ein Rouladenspieß durchdringt und ihn verrät.

»Und weiter?«

»Du warst nie auf einer Linie mit Laura, auch wenn du das Gegenteil behauptest. Nie«, knurrt er.

»Irre ich mich, oder machst du dir die Aufgabe hübsch leicht, bevor du die Katze aus dem Sack läßt? Warum sonst hättest du mich heute herkommen lassen? Das ist es doch, oder ?«

»Keineswegs«, sagt er. Er reicht mir einen Umschlag: »Hier sind dreißig Millionen für dich. Ein Bankscheck. Ich hab ein bißchen rumgerechnet und dabei festgestellt, daß die Lage nicht mehr so rosig ist wie früher ...«

»Sieh mal an«, unterbreche ich ihn, »bis zum Tag vor Lauras Tod hast du noch genau das Gegenteil gesagt ... Du hast erst vor ein paar Monaten eine neue Agentur aufgemacht ...«

Er sagt: »Siehst du? ›Werde ich einen Durst haben! Werde ich einen Durst haben!‹ So stehen die Dinge heute, bei Gott! Was erwartest du denn von mir? Daß ich dir einen Job fürs Leben garantiere? Zack! Ein Schnitt, und man fängt wieder von vorn an! Aber wir bleiben Freunde ...«

»Schwachsinn. Dreißig Millionen sind viel mehr, als mir zusteht. Wofür soll das Geld sein?«

»Für deine Arbeit«, sagt er. »Du hast gut gearbeitet, hast gute Kontakte hergestellt. Es ist nur recht und billig, dich dafür zu bezahlen.«

»Es ist trotzdem zu großzügig, denn niemand zwingt dich, mich zu bezahlen. Du bist zu entgegenkommend, zu nachgiebig. Das paßt nicht zu dir. Ich finde, die Sache stinkt.«

Da springt auf einmal Luana auf: »Spiel hier bloß nicht den Geistreichen! Du weißt, daß du nicht alle Trümpfe in der Hand hast. Ich kenne dich, mein Lieber! Wir wissen alle, wer du warst und was du früher gemacht hast!« Sie meint immer, sie müsse barsch und entschieden auftreten. Bei der Arbeit legt sie das gleiche Benehmen an den Tag. Sie bewegt sich ruckartig und schaut in die Luft, sie spricht schnell, wie sie es bei den Karrierefrauen im Film sieht. Und raucht eine Zigarette nach der anderen. Gerade eben zündet sie sich eine an und verschluckt die Silben, so daß ich sie kaum verstehe. »Dir macht es Spaß, dich dumm zu stellen! Tatsache ist aber, daß, seitdem du den Fuß in unser Haus gesetzt hast, immer alles nach deinem Willen laufen mußte... Die arme Laura, Friede ihrer Seele, konnte davon ein Liedchen singen, die Ärmste... Aber wenn du meinst, du kannst uns Angst einjagen wie dem Typ in Grottaferrata, dann irrst du dich... Und zwar gewaltig!«

Ich wußte, daß diese Sache früher oder später wieder aufs Tapet kommen würde. Es war unausweichlich, ich war vorbereitet. Ich beuge mich nach vorn über den Tisch, der uns trennt, so daß mein Gesicht eine Handbreit von ihrem entfernt ist. »Ihr steckt mit drin«, sage ich. »Ihr könnt es drehen, wie ihr wollt, aber ihr steckt mit drin. Ich weiß zwar nicht wie, aber ich weiß, daß es so ist. Wenn Laura tot ist, so liegt meine Schuld darin, nicht die Augen aufgemacht zu haben. Aber eure Schuld ist es, Bescheid gewußt zu haben.«

»Wie macht man das, sein Gewissen erleichtern? Ganz einfach, meinst du nicht?« Es ist das erste wirklich boshafte Lächeln, das ich an ihm sehe. Normalerweise lacht er, um nicht zu denken, aber diesmal ist es genau mitten in seine Gedanken hineingeplatzt, es hat sich vom Kopf bis zu den Füßen in ihm festgesetzt und dringt aus ihm heraus, daß einem angst und bange wird.

»Ich habe Laura nicht getötet«, sage ich zu ihm.

Er schließt die Augen und legt mir eine Hand auf die Schulter. Ich spüre, wie er zudrückt, und ganz erstaunt höre ich ihn dann flüstern: »Ich weiß«, sagt er. »Jetzt hau aber ab, denn wenn uns jemand hier so Arm in Arm sieht, hält er uns noch für zwei Schwule.« Und zieht wieder eine seiner Grimassen.

Der Clown ... Einmal am Meer hat er so getan, als ob er ertrinken würde, und es hat eine halbe Stunde gedauert, bis wir ihn hinter einer Klippe gefunden haben, wohin er getaucht war. Laura hat ihn damals aufgespürt. Und auch sie hat viel gelacht, damals.

Ich gehe nach draußen. Mit einem Zaubertrick hat der Wind einen weißen Mond enthüllt, der mitten am Himmel aufgehängt ist. Sein weiches Licht spiegelt sich auf den Dächern der geparkten Autos. Überall liegen Werbezettel auf dem Boden. Supermärkte und Tagesausflüge in die Wallfahrtsorte. Reinigungen, Diskotheken, Pizzerien. Fitneß-Studios, Schwimmbäder und Handarbeitsschulen. Wo du hinschaust, haufenweise Verlockungen. Sie geraten mir zwischen die Füße, ich trample darauf herum, doch sie flattern wieder auf und fliegen weiter. Die Stadt ruft. Jemand wird antworten, ich nicht. Irgend etwas an der Sache ist faul.

Ich habe Laura nicht umgebracht.

Ich weiß es.

EINE Luftveränderung ist angebracht. Die Situation wird mit jedem Tag schwieriger, und ich will nicht in Ermittlungen hineingezogen werden, die mir inzwischen gar nicht mehr behagen. Letzte Woche haben sie mich täglich vorgeladen, immer frühmorgens. Sie ließen mich zwei, drei Stunden im Flur warten, um mir dann eine einzige Frage zu stellen, dieselbe, die sie mir schon am Tag zuvor gestellt hatten. Palmieri versteift sich sehr auf meinen Charakter. Er sagte, ich sei ihm als jähzorniger Mensch beschrieben worden, und hielt mir meine Vorstrafe wegen Körperverletzung vor. Ich erwiderte, daß man sich eben manchmal verteidigen müsse, aber daß man mich deshalb noch lange nicht als aggressiven Typ bezeichnen könne. Er antwortete mit der gespielten Liebenswürdigkeit, mit der er mir vom ersten Tag an begegnet, und fügte hinzu, das habe alles in allem überhaupt keine Bedeutung, weil jeder Fall seine eigene Geschichte habe. Aber ich glaube ihm nicht, ich bin sicher, daß dieser einzige Ausrutscher in meinem Leben in dieser Angelegenheit noch von enormer Bedeutung sein wird.

Dann sollte ich ihm zum hundertstenmal erzählen, wie ich den Abend verbracht habe, an dem Laura gestorben ist.

Das tut er, damit ich mich in Widersprüche verstricke, aber ich falle nicht darauf rein. Ich wiederhole zusammenfassend das, was ich schon x-mal erzählt habe, nämlich daß ich es satt hatte, die Abende allein zu verbringen, und deshalb in die Bar »L'appuntamento« in Monteverde gegangen bin, wo ich ein paar Bier getrunken habe. Obwohl mein Anwalt mir davon abgeraten hatte, berichtete ich auch, daß ich die restliche Nacht mit einer afrikanischen Prostituierten verbracht habe, die ich im EUR-Viertel getroffen hatte. Ich erzählte ihm, daß ich sie Nena nenne, ihren wahren Namen aber nicht kenne. Auch beschrieb ich sie ihm so genau wie möglich. Er nickt ab und zu, sagt: »Gut, gut«, und ich gehe erschöpft nach Hause.

Ich könnte eigentlich beruhigt sein, bin es jedoch nicht im geringsten, denn es ist klar, daß der Untersuchungsrichter mich offensichtlich weiterhin verdächtigt, auch wenn ich die Beweggründe dafür nicht begreife. Ich habe immer stärker das Gefühl, daß mir etwas entgleitet, denn es gibt da ein paar Steinchen in dieser Geschichte, die absolut nicht zusammenpassen. Die Ankunft meines Nebenbuhlers an jenem Abend am Hafenbecken der Isola Sacra beispielsweise. Ich begreife einfach nicht, warum er nicht gleich die Polizei gerufen hat. Wenn er es getan hätte, hätten sie mit Sicherheit den Schwindel mit der Uhr bemerkt, und dann wäre mein Alibi jetzt wertlos. Aber er hat es nicht getan. Und wenn er es nicht getan hat, sage ich mir, dann gibt es dafür nur ein Motiv: daß Laura nämlich noch am Leben war.

Dennoch besteht kein Zweifel, daß die Ermittlungen sich inzwischen auf mich konzentrieren. Wenn mich jemand fragen würde, wer die Ermittlungsbeamten beeinflußt, würde ich ohne Zögern behaupten: Ida, Italo, Luana. Doch wie kann ich gegen sie ankämpfen? Meine Rettungsstrategie ist zugleich meine Verurteilung: Ich muß schweigen. Ich weiß nichts. Und da die Dinge nun mal so stehen, verschwinde ich besser.

Heute morgen hätten sie mich fast geschnappt. Ich lief durch die Straßen von San Lorenzo, dem einzigen Viertel in Rom, wo man sich noch verstecken kann, als ich auf dem Piazzale Tiburtino an einem Kiosk vorbeikam und mir auf der ersten Seite einer Tageszeitung mein Foto ins Auge fiel. Die Schlagzeile lautete: *Als Mörder gesucht: Der Ehemann der Toten von der Isola Sacra.* Zuerst fragte ich mich, wo sie wohl dieses gut zehn Jahre alte Foto ausgegraben hatten, auf dem ich noch lange Haare hatte und ganz mager war. Als ich es dann genauer betrachtete, erkannte ich am linken Bildrand den Schatten eines anderen Gesichts mit einem Teil des Auges. Da war es mir klar. Die andere Person war mein Vater, und das Foto war aus dem Rahmen genommen worden, der neben der Eingangstür meiner Wohnung hängt. Sie hatten mein Gesicht vergrößert und den Rest abgeschnitten, deshalb wirkte das Bild grobkörnig, als würde es bald zerbröseln. Mir wurde klar, daß die Angst übertrieben war, aufgrund dieses Fotos wiedererkannt zu werden. Ich hatte mich seit damals sehr verändert.

Am nächsten Kiosk blieb ich vor derselben Zeitung stehen, vor demselben Bild, und fast bedauerte ich, daß ich kaum zu erkennen war.

Ehemann des Opfers ohne stichhaltiges Alibi . . .

Ich kaufte ein Exemplar: »Gibt es noch andere, die über das Verbrechen von der Isola Sacra berichten?« fragte ich, um auszuprobieren, ob ich wiedererkannt werden konnte. Der Zeitungsverkäufer steckte sich eine Kippe in den Mund, um besser nachdenken zu können, und deutete auf zwei weitere Zeitungen.

»Geben Sie mir die auch noch.« Beide zeigten dasselbe Foto.

Der Mörder hat Vorstrafen wegen Körperverletzung . . .

Auf der Straße schob sich eine Blechlawine voran, Blinker blitzten auf. Der kleine Markt auf dem Largo degli Osci war bereits voller Menschen, und die Lieferwagen parkten in Zweierreihen vor der Chiesa dell'Immacolata, um Obstkisten und Kleidungsstücke abzuladen, die schon jetzt ganz zerknittert waren.

Gleich hinter der Kirche faßten sie mich. Wie sie es anstellten, mich unter all den Leuten wiederzuerkennen, die in dichten Trauben miteinander verhandelten, brüllten und durcheinanderliefen, ist mir ein Rätsel. Vielleicht hatten sie mich ja schon ein gutes Stück verfolgt, und ich hatte es nicht bemerkt. Vielleicht bin ich ihnen auch buchstäblich in die Arme gelaufen, wer weiß. Tatsache ist, daß der Alfa, an den ich mich ein wenig angelehnt hatte, um Zeitung zu lesen, in Wirklichkeit eine Zivilstreife der Polizei war. »Signor Bertini«, hörte ich eine heisere Stimme rufen, während sich ein Arm unter den meinen schob. »Es wäre das beste, wenn Sie ohne großes Aufsehen mit uns kommen würden.« Jemand hielt mir seinen Polizeiausweis unter die Nase.

»Ihr seid verrückt!« brüllte ich, befreite mich mit einem Ruck und rannte los. Ich tauchte ins Marktgetümmel ein, stieß mit ein paar Frauen zusammen, die mit offenem Mund umherschlenderten, und riß dabei ein Stück Stoff aus einem Mantel, an dem ich mich festhalten mußte, um nicht auszurutschen. Mit großen Schritten bog ich in die Via dei Volsci ein und schwenkte dann noch einmal ab, um zur Tiburtina zurückzukehren. Ich wußte schon, wo ich Zuflucht finden konnte, und je mehr Haken ich schlug, desto besser. Die Polizisten hatte ich inzwischen ein gutes Stück abgehängt, aus dem Augenwinkel sah ich sie auf die Tiburtina hinauslaufen, als ich schon wieder um die Ecke der Via degli Ausoni bog und mich meiner Rettung näherte.

Ich trat durch ein Eingangstor und befand mich im Hof einer alten Nudelfabrik, der *Cerere*. Die Fabrik ist schon seit zwanzig Jahren geschlossen, aber ich wußte, daß der Lastenaufzug noch als Lift für das Mietshaus benutzt wird. Im Dunkeln fuhr ich in den dritten Stock, und aus einem großen offenen Fenster im Treppenhaus ließ ich mich in einen kleinen Innenhof hinab, auf den die Fenster des ersten Stockwerks des angrenzenden Gebäudes gehen. Der Hof war fast vollständig mit Sukkulenten in großen Töpfen und mit Wäscheständern vollgestellt und bot mir das ideale Versteck. Beruhigt kauerte ich mich in einer Ecke zusammen und wartete.

Gerade als die Ermittlungen im Mordfall Laura Olivieri an einem toten Punkt angelangt zu sein schienen, trat eine dramatische Wendung ein. Richter Palmieri, der die Untersuchungen leitet, erließ einen Haftbefehl gegen Paolo Bertini, den Ehemann des Opfers, der wegen Körperverletzung mehrfach vorbestraft ist ...

Diese Vorstrafe wird langsam zur Zwangsvorstellung. Die Sache begann vor zehn Jahren in Grottaferrata, in der Villa eines hochrangigen Funktionärs beim Nationalen Olympischen Komitee. Ich erinnere mich noch an den Namen: »Villa Agnese«, nach der Ehefrau des Besitzers, Umberto Bartolomei, eines alten Kunden von Onkel Antonio, der offenbar gewillt war, eine Arbeit für mich zu finden. Wir waren in die Villa eingeladen worden, um uns kennenzulernen ...

Es war für mich schon nicht erfreulich gewesen, meinen Vater in seine besten Sonntagssachen eingezwängt zu sehen, um mich zu begleiten. Der blaue Anzug war so ausgewählt worden, daß Papas Malocherschultern hineinpaßten, und folglich waren die Ärmel zu lang und die Hose zu weit. Mit dem zu weißen Hemd unter dem Sakko und den von einer ansehnlichen Portion Brillantine am Kopf festgeklebten Haaren sah mein armer Vater aus wie ein Pinguin. Natürlich sagte ich keinen Ton, denn ich wußte, daß er eine solche Tortur nur aus Liebe zu mir auf sich nahm und daß er, ebenfalls aus Liebe zu mir, ein weißes Taschentuch in der Hand hielt, womit er seine irrationale Angst bezwang, er könne Schaden mit seinen Händen anrichten, die sonst vor Fett trieften.

Was mich betraf, so ist es besser, den Mantel des Schweigens darüber zu decken. Ich trug seit Jahren nichts anderes als Bluejeans, die knalleng anlagen wie Strümpfe, und ich kann nur sagen, daß ich mit der leichten weiten Garbardinehose, die ich auf Anordnung meiner Mutter hatte kaufen müssen, den ganzen Abend gegen meine Verlegenheit ankämpfen mußte, weil ich mir nackt vorkam. Ich hatte das Gefühl, in Jacke, Hemd, Krawatte – und Unterhose durch die Gegend zu laufen.

»Ich bitte dich, Paolo. Auch wenn sie manches sagen, das dir nicht gefällt, oder wenn sie heute abend etwas tun, das dir nicht paßt, vergiß es, geh einfach darüber hinweg ...«, hatte Papa mir auf der Fahrt ans Herz gelegt. Ja, natürlich, hatte ich erwidert, ich würde mich der Situation entsprechend benehmen ...

Als wir in der Villa ankamen, wurden wir mit einem allzu breiten Lächeln empfangen, und meinem Vater wurde auf die Schulter geklopft, als wäre er ein alter Freund ... Mit allen mußten wir anstoßen, mir machte man anerkennende Komplimente, und wieder Schulterklopfen und Sicheinhängen bei »Signor Rinaldo Bertini« ...

Schließlich landeten sie am Spieltisch ...

Dort saß ein Herr, ein dicker Kerl aus der Provinz, ein Politiker aus Rieti, leitender Beamter in ich weiß nicht mehr welchem Ministerium ... Er verlor ... Er war wütend ... Unser Gastgeber sah meinen Vater an, dann mich, und zwinkerte uns zu ...

»Spiel nicht, Papa ... Was kannst du da schon gewinnen? ... Sie spielen falsch, und sie spielen hoch! ... Die werden dich ausnehmen wie diesen Deppen da ...«

Doch Papa beschied mir mit hervorquellenden Augen: »Ich habe es dir schon gesagt, bevor wir hierherkamen, heute abend mußt du deine fixen Ideen und deine idiotischen Vorstellungen vergessen ... Heute abend laß gefälligst mich machen ... Ich weiß, wie hier der Hase läuft, nicht du ...« Ich glaube, mein Vater hat mich niemals so gehaßt wie an diesem Abend.

Zunächst unterschrieb er einen Scheck über drei Millionen. Er ließ sich dauernd zu trinken bringen und wandte die Augen nicht mehr von den Karten ab, um meinem Blick nicht zu begegnen. Dann unterschrieb er, unter den zustimmenden Blicken des Hausherrn, einen weiteren Scheck, diesmal über zwei Millionen.

Das Glück hatte sich gewendet. Der Fettwanst gewann, dafür verlor jetzt mein Vater. »So ist es gut, Signor Rinaldo, so ist es sehr gut ...« Ich hatte inzwischen resigniert, ich beobachtete Papa, der auf präzise Zeichen des Hausherrn sein Scheckbuch zückte und unterschrieb, und seine Hände zitterten nicht vor Wut, sondern vor Erregung. Doch er vermied es weiterhin, mich anzusehen ...

Die Partie endete nach dem fünften Scheck. Ein kaum wahrnehmbarer Lidschlag von Bartolomei entschied, daß es nun genug war. Bartolomei selbst begann mit der Verabschiedung: »Ich hoffe, Sie hatten einen schönen Abend, Dottore ...«, sagte er und hakte sich bei dem Politiker unter. »Vergessen Sie nicht, sich um den Sohn unseres lieben Freundes hier zu kümmern ... Wie Sie gesehen haben, ist Signor Bertini nicht nur ein Freund guter Gesellschaft, sondern auch ein Mann, auf den man zählen kann ...« Und mit einer freundschaftlichen Umarmung steckte der Hausherr seinem Gast einen Umschlag in die Tasche, der drei der fünf Schecks enthielt, die mein Vater unterschrieben hatte.

Draußen fiel feiner Nieselregen, und von der Straße drangen die Lichter als schwache feuchte, dem Wind ausgelieferte Stichflammen herauf.

Am Morgen danach stand ich erneut vor der Villa. Ich sah Bartolomei langsam mit dem Wagen davonfahren. Der Auspuff stieß ein Wölkchen dichten weißen Rauchs aus, der sich in der rauhen Luft sofort auflöste. Ohne konkreten Plan folgte ich ihm in einigem Abstand. Er durchquerte das Dorf und fuhr zur Via Anagnina hinunter. Eingehüllt in Nebel und Rauch lag Rom unter uns, nicht mehr als ein dunkler Fleck. Sobald die Straße breiter wurde, lenkte ich meinen Wagen neben den seinen. Ich zeigte mich lächelnd am Fenster, der andere erkannte mich und stieg aus.

»Hören Sie«, sagte ich, und meine Gesichtsmuskeln bebten vor Anspannung. »Sie müssen mir unbedingt die Schecks zurückgeben, die mein Vater Ihnen gestern abend ausgestellt hat...« Ich war fest entschlossen, mir auch die Adresse des Politikers aus Rieti geben zu lassen.

Bartolomei fing an zu lachen: »Ja, wie denn das?« erwiderte er mit gespielt freundschaftlicher Miene, dieses Aas. »Spielschulden sind...« Ich muß allerdings sehr bleich ausgesehen haben, denn er bekam es mit der Angst zu tun und blickte sich um. Er versuchte wieder in sein Auto zu steigen, aber ich hinderte ihn daran.

Man kann nicht sagen, daß ich instinktiv handelte, im Gegenteil. Ich überlegte genau und stieß dem Mann ein Knie zwischen die Beine, damit ich einige Minuten Zeit hatte, bevor ich ungestört verschwinden konnte. In diesem Augenblick kam ein Auto vorbei, hatte jedoch nichts mitbekommen, sondern fuhr weiter und verschwand gleich darauf im Nebel. Mit offenem Mund und nach Luft schnappend brach Bartolomei zusammen, mit den Händen hielt er sich dabei an meiner Jacke fest.

Ich befreite mich aus der Umklammerung, durchsuchte das Auto und entdeckte die Schecks in einem Fach des Aktenkoffers. Dort fand ich auch eine Brieftasche mit zwei Fotos. Auf einem waren eine Frau und ein Kind abgebildet, die sich umarmten, auf dem anderen ein lächelnder älterer Herr. Ich nahm die Schecks, zerriß aus Bosheit die beiden Fotos und machte mich davon. Den nach Luft ringenden Mann ließ ich auf dem nassen Asphalt liegen.

Der Prozeß fand zwei Monate später statt, und mein Vater mußte eine Strafe zahlen, die doppelt so hoch war wie das, was ich zurückgeholt hatte. Kein Wort verlautete über den eigentlichen Grund der Pokerpartie. Die beiden Anwälte einigten sich, der Richter belegte sowohl Bartolomei als auch meinen Vater mit einer kleinen Geldbuße wegen illegalen Glücksspiels, und ich wurde zu einer Bewährungsstrafe wegen Körperverletzung verurteilt.

... wie es scheint, hat sein Alibi der Überprüfung nicht standgehalten. Der Besitzer der Bar, in der der Ehemann des Opfers angeblich den Abend verbracht hatte, hat die von dem Verdächtigen angegebene Uhrzeit nicht bestätigt. Demnach besteht mindestens eine halbe Stunde Differenz zwischen den beiden Zeitangaben, der Befragte hat den Ermittlungsbehörden jedoch keine plausible Erklärung dafür liefern können. Darüber hinaus scheint Bertini momentan unauffindbar zu sein ...

Im Hof wurde plötzlich einer der Fensterläden vor mir geöffnet, und eine Stimme schreckte mich auf: »Du kannst jetzt rauskommen.« Es war ein alter Mann, doch vielleicht war er gar nicht so alt, wie er aussah, eingemummt in einen alten Mantel, mit Einwochenbart und alkoholisierten, weit aufgerissenen Augen, die in diesem Asthmatikergesicht wie zwei flackernde Irrlichter wirkten. »Sie sind weg, du kannst rauskommen.«

Ich spielte den Ahnungslosen, ohne weiter darüber nachzudenken, wie lächerlich das wirkte. »Wer ist weg?«

»Hier lang! Hier lang! Los!« knurrte der Alte ungeduldig und forderte mich auf, über das Fensterbrett in seine Wohnung zu klettern. »Bei mir brauchst du dich nicht dumm zu stellen!«

Die Wohnung war heruntergekommen, aber recht gemütlich. Zwei dunkle Zimmer, abbröckelnde Mauern, an denen alte farbenprächtige Kalender hingen, ein paar klapprige Möbel, wacklige, aber erst kürzlich neugestrichene Fenster, der Boden abgenutzt, aber sauber. Ein starker frischer Geruch von Bleichmitteln stieg einem in die Nase und vergiftete das Gemüt.

»Ich habe dich schon beobachtet, als du gekommen bist. Den Polizisten habe ich gesagt, daß ich gesehen habe, wie du Richtung Friedhof verschwunden bist. Dann kam ihr Auto, und sie sind davongerast.« Er nahm zwei Weingläser und füllte sie. »Was hast du angestellt? Hast du geklaut? Ich hoffe, du bist kein Dealer. Sonst kannst du nämlich gleich abhauen.«

»Von wegen Dealer! Ich habe überhaupt nichts getan.

Das ganze ist ein Irrtum, aber ich will nicht für die Fehler der anderen büßen.«

Der Alte senkte den Blick, vielleicht war er enttäuscht über meine Zurückhaltung. »In Ordnung. Aber geh nicht sofort. Die Leute sind wachsam geworden. Besser, du läßt dich nicht blicken.«

Ich blieb ein paar Stunden in dieser Wohnung, die kahl und zugleich voller Leben war. Der Alte, der Attilio hieß, sprach beim Trinken und trank beim Sprechen. Unzusammenhängende Reden, an die ich mich nur deshalb so gut erinnere, weil sie die Geräuschkulisse meiner Unruhe bildeten. »Heutzutage kann man sich nicht mal mehr in diesem Viertel sicher fühlen, mein Lieber. Sogar bis hierher sind die Künstler vorgedrungen«, sagte er. »Und die Künstler sind wie Brennesseln. Wo Brennesseln wachsen, sprengen sie das Mauerwerk. Die Künstler sprengen ganze Viertel. Alle Viertel Roms sterben, seit die Künstler dort sind, die Intellektuellen. Maler, Dichter, Architekten. Das war so in Trastevere, in Tormillina, in Testaccio, unten in Ripetta war es so, und hier wird es auch so kommen. Die Künstler mit ihrem Raffinement sind die Vorhut der Entwurzelung, die ersten Tropfen einer Flutwelle. Kommt der erste, ist es schon vorbei, alles ist dann nur noch eine Frage der Zeit. Sie machen sich den Sinn der Leute für das Schöne zunutze, um ihnen die Häuser zu entreißen.« Ich döste vor mich hin und hörte ihn mit heiserer Stimme grummeln. »Sie sagen, daß sie das Volk lieben, aber in Wirklichkeit schneiden sie den Leuten die Kehle durch, während sie sie küssen. Sie lieben das Volk nur, wenn es tot ist, weil es dann stillhält und sie es besser porträtieren können. Sie lieben die Erinnerung an die Menschen. Jetzt sind sie auch hierher nach San Lorenzo gekommen, sympathisch und freundlich, ja sogar herzlich. Ihre Hunde heißen Picasso oder Mozart. Und wenn ich sicher wäre, daß ich es noch zehn Jahre mache – was ich aber nicht glaube –, würde ich wetten, daß die Alteingesessenen bald an den Stadtrand abgeschoben werden und sie, die Maler, die Künstler, die Genies sich in diesen Mauern einnisten und alles anders wird.«

Gott, welch ein Frieden! Draußen vor dem Fenster kein Fetzen Himmel, keine Aussicht, alles niedergedrückt vom gleichen Licht. Die Sonne hatte den Morgendunst zerrissen und heftete sich jetzt an die Mauern, nagte am Asphalt und an den Fenstern. Eine Frau blieb mitten auf der Straße stehen und zog sich die Strümpfe hoch. Gesichtslose Gestalten huschten vorbei, lange, manchmal auch verkrampfte und gebeugte Schatten. Der Alte fuhr mit seiner Litanei fort: »Freundschaft und Solidarität heißt heute doch nur Komplizenschaft und Weggucken, wenn was passiert. In der Welt, in der ich aufgewachsen bin, waren das noch eiserne Gesetze. Eine Frage der Definition. Entscheide du: War ich dir gegenüber heute solidarisch oder habe ich weggeguckt? Mir ist das inzwischen alles völlig egal.«

Ich weiß nicht warum, aber dann fing er an, mir seine Gebote zu predigen. »In deiner Lage bleibst du besser allein. Trau niemandem, gib nicht nach ... Heutzutage bindet man sich nicht mehr ... Es darf nie soweit kommen, daß du ›wir‹ sagen mußt, das wäre schon ein Anzeichen dafür, daß du nachgibst ...«

Als es dunkel geworden war, brachte er mich nach draußen. Wir gingen auf dem Bürgersteig, er vorneweg, ich hinterher. Wir mieden die Gruppen von Jugendlichen, die gegen die Scheinwerfer oder die Motorhauben der parkenden Autos gelehnt standen, und machten einen Bogen um die letzten noch geöffneten Bars. Mit gebeugtem, aber ungebrochenem Rücken und sicherem Schritt steuerte er auf die Peripherie des Viertels zu, vorbei an kleinen Steinmetzbetrieben, Sonnenschirm- und Messingbettfabriken, alle mit heruntergelassenen Rolläden und ein paar an die Tür geketteten Artikeln. Als wir oben auf einem dunklen Felsen angekommen waren, verabschiedeten wir uns. Es war feucht, noch heute habe ich den Geruch des nassen Steins und der nachtgetränkten Mauern eines alten verfallenen Hauses in der Nase, an dem wir vorüberkamen. Ich dankte ihm für das, was er für mich getan hatte, und machte einen Schritt auf ihn zu, um ihn zu umarmen. Aber der Alte wich zurück, zwinkerte mir zu und machte auf dem Absatz kehrt. Ich sah ihn in der Dunkelheit des Pfades verschwinden und im Schein der ersten Laterne unten auf der Straße wieder auftauchen. Aber er ging langsamer, er sah sehr müde aus.

KOPFLOS und hastig suche ich mir jetzt jede Nacht eine Unterkunft. Den Blick auf die Motorhaube geheftet, rase ich mit laut heulendem Motor auf der Autobahn bis zum nächsten Hotel. Manchmal schlafe ich mit offenen Augen, den Blick ins Nichts gerichtet. Reiner Zufall – oder Pech, daß ich noch nicht an irgendeiner Böschung zerschellt bin.

Gestern abend hatte ich eine Vision. Zwischen den halbgeschlossenen Lidern tauchten vor mir plötzlich drei dreckig lachende Visagen auf, drei Männer mit dicken Bäuchen, die auf klappprigen Stühlen saßen und sich gegen eine in lebhaftem, blendendem Rot gestrichene Mauer lehnten. Schau, wie schön sie ist! sagte einer. Oberhalb der Lippen war seine Haut schweißnaß, schmierig, als ob er gerade etwas sehr Fettiges gegessen hätte, Huhn oder Spanferkel. Aber, aber, die ist doch gefährlich! Sieh dir nur den Abdruck auf ihrer Stirn an, sie ist umgebracht worden! sagte der andere und lachte mit seinen wulstigen Lippen, die so naß waren, als hätte er gerade aus einer übervollen Karaffe getrunken. Ich sah sie riesengroß vor mir. Mir schien, als sei vor mir, jenseits der Windschutzscheibe, eine Kinoleinwand im Nebel aufgehängt. Da sagte der

Dritte: Das weiß nur sie allein, sie allein, warum sie so zugerichtet ist. Und unter widerlichem Gelächter fügte er hinzu: Niemand kann etwas über sie wissen. Sie ist zu schön, zu lebendig, und das Schöne kann man nicht erkennen, es ist unerreichbar, unbezähmbar.

Da ging ich auf die drei schwabbeligen Kerle los, ich stürzte mich auf sie, wollte meine Fingernägel in ihre glitschige Haut graben und Fetzen aus ihr herausreißen. Doch dann merkte ich, daß unter mir Laura ihnen noch immer die Lippen und den behaarten Bauch leckte, und zwischen meinen Nägeln hielt ich nur ihre Zunge, zuckend, rot und haftend wie ein Saugnapf. Schließlich sah ich sie zu meinen Füßen liegen, übel zugerichtet, wie auf dem Boot.

Ich machte eine Vollbremsung. Der Wagen geriet ins Schleudern und prallte dann seitlich gegen die Leitplanke, bis er zum Stehen kam. Hinter mir hörte ich Bremsen quietschen, dann einen Schwall von Verwünschungen und Beschimpfungen. Aber zum Glück hielt niemand an. Ich kurbelte das Fenster herunter und atmete tief ein, bis ich spürte, wie die Luft in meinen Magen hinabstieg und mir ein wenig Erfrischung verschaffte.

Als ich klein war, glaubte ich, daß die Welt nicht aus sich heraus existiere, sondern daß Jesus sie nur für mich geschaffen habe. Eine Art eigens zu meiner Unterhaltung veranstaltete Kirmes, die vorhanden war, damit ich leben konnte, und die, wenn ich nicht mehr wäre, verschwinden würde. Die anderen existierten nicht wirklich, sie umgaben mich wie Schutzengel. Doch in welches Drachenmaul bin ich jetzt geraten, was sind das für Gestalten vor mir, die mich ganz und gar nicht unterhalten, billige kleine Monster, die zu allem fähig sind und zu nichts?

Heute bin ich zu Professore Matarasso, dem Lehrer, gefahren, den ich in den letzten Tagen in den Gängen des Gerichts häufiger getroffen habe, ohne daß es mir auch nur ein einziges Mal gelungen wäre, mit ihm zu sprechen. Über ihn weiß ich nur, daß er ein enger Freund von Arturo, Lauras vor vielen Jahren gestorbenem Vater, war und daß er sich von Anfang an um die Erziehung meiner Frau gekümmert hat, als ob sie seine eigene Tochter gewesen wäre. Mehr nicht. Ich habe nie begriffen, warum, aber meine Schwiegermutter läßt kaum zu, daß in ihrer Gegenwart über Arturo gesprochen wird. Was ihren Mann betrifft, legt sie immer eine Art geringschätzige, fast spöttische Distanz an den Tag. Als ob sie ihm seine Blindheit nie verziehen hätte, durch die ihr von heute auf morgen ein zweitklassiger Mann aufgebürdet war, der es mit der Kraft der anderen Männer in der Familie nicht aufnehmen konnte. »Ironie der Diabetes«, kommentiert sie bitter, wenn das Gespräch auf das Unglück ihres Mannes kommt. Aber in ihrem Blick liegt immer etwas Verächtliches, eine beißende Anklage gegen Arturo, der nicht in der Lage war, sich seinem Leiden entgegenzustemmen, sondern sich ängstlich geduckt und gefügt hat. Und in der Art, wie sie den Namen der Krankheit ausspricht, schwingt eine respektvolle Ehrfurcht mit, wie man sie gegenüber mächtigen Persönlichkeiten empfindet.

Matarasso war gerade damit beschäftigt, im Garten seines Hauses in Torvaianica ein Mäuerchen hochzuziehen. Er war erschöpft. Inzwischen muß er um die Siebzig sein, und man sieht ihm an, daß er körperliche Arbeit nicht gewohnt ist. Ein leichter Schweißgeruch ging von ihm aus, aber das gefiel mir, es war vertraulich, beschützend. Ich sagte ihm, daß ich auf der Flucht sei, aber das wußte er schon aus der Zeitung. Ich berichtete ihm auch, wie sich die Dinge an jenem Abend auf dem Boot abgespielt hatten und daß ich deshalb glaube, Laura getötet zu haben, auch wenn es gegenteilige Anhaltspunkte gab, die mich stark daran zweifeln lassen.

Während ich sprach, benahm er sich reichlich merkwürdig. Er stopfte seine Pfeife, und als ich mich unterbrach, weil ich sah, daß er vollauf mit Paffen beschäftigt war, damit der Tabak gut anbrannte, forderte er mich auf fortzufahren: »Nein, nein ... Fahr ... fort ... Ich hör dir zu ... Erzähl wei ... ter.« Ich konnte aber nicht weitersprechen, denn die Situation kam mir ein wenig lächerlich vor: Ich gestand ihm, meine Frau umgebracht zu haben, und er drehte derweil fast durch, weil seine Pfeife nicht so zog, wie er wollte.

Er ging ins Haus und kam mit einer Kiste voller Zigarren und Zigaretten wieder heraus, von denen er mir anbot. Dann setzte er sich neben mich auf ein Treppchen und kam endlich zur Ruhe. Ich wußte nicht, ob er wirklich begriff, was ich ihm erzählt hatte, aber ich beharrte nicht darauf, denn manches läßt sich nicht so leicht wiederholen. Ich bat ihn nur, mir von Laura zu erzählen.

»Eine Wilde«, begann er. »Als ich Laura zum erstenmal sah, hatte ich wahrhaft den Eindruck, daß mir da ein Geschöpf gegenüberstand, das aus einer geheimnisvollen Welt, aus dem Dschungel oder der Prärie, kam und bereit war, bei der kleinsten menschlichen Berührung sofort zu kratzen. Allein setzte sie sich in die hinterste Bank, tat dort fünf Stunden lang keinen Mucks und versteckte sich hinter ihrer schwarzen Mähne, unter der hervor sie verstohlen den Unterricht verfolgte, als sei es ihre Beute.

Sie war von ihren Klassenkameradinnen isoliert, auch wenn man wohl der Gerechtigkeit halber dazusagen muß, daß sie es war, die andere ausgrenzte. Sie verachtete sie, und wenn sie sie über irgendeine Albernheit lachen hörte, tötete sie sie gleichsam mit ihren Blicken. Nur während der viertelstündigen Pause verließ sie ihre Ecke, um sich auf dem Gang mit ihrem Freund zu treffen, Manuel, dem Sohn deines Vorgesetzten Italo, einem alten Freund deines Schwiegervaters ...«

»Das weiß ich. Aber was ich nicht wußte und was mir nie jemand erzählt hat, ist, daß Laura und Manuel ein Paar waren!« Ich war so verblüfft, daß ich anfing zu stottern. »Über Manuel habe ich immer nur Vages gehört. Ich weiß, daß er der Sohn von Italo und Luana war, das ist alles. Ich weiß von seiner Existenz, mehr nicht. Aber wie er gestorben ist zum Beispiel, das habe ich nie mitbekommen, so eifrig lenkten sie immer ab, wenn sein Name bei einem unserer fröhlichen Mittagessen fiel. Alle hatten nichts Eiligeres zu tun, als sofort das Thema zu wechseln, und sie senkten die Blicke, was ich immer als Zeichen der Scham verstanden habe. Mehr weiß ich nicht.«

»Das kann ich mir vorstellen. Ich kann mir vorstellen, wie sie die Wahrheit vertuscht haben. Manuel hat sich umgebracht. Der Selbstmord eines Familienmitglieds wird häufig als Schande empfunden. Ich weiß, daß man vielen Bekannten das Märchen von einem Autounfall aufgetischt hat ... Aber gehen wir doch auf die Terrasse, da ist es gemütlicher.«

Wir räumten zwei Liegestühle von Bücherbergen leer und setzten uns. Aber bevor der Professor weitersprach, mußte er erneut seine dämliche Pfeife anzünden, die ihm immer wieder ausging.

»Unsere Schule lag außerhalb des Ortes. Man mußte zu Fuß gehen oder ein Auto haben, weil kein Bus so weit fuhr. Die einzige Buslinie endete in dem Dorf San Francesco, einer Art Vorort, der unter Mussolini in der Zeit der Trokkenlegung des römischen Umlands errichtet wurde. Von dort mußten die Kinder ein paar Kilometer auf einer Straße laufen, die bei Regen zu einem See wurde, und wenn danach die Sonne herauskam und den Matsch trocknete, verwandelte sie sich in eine Wolke aus feinem gelbem Staub. Eine ›afrikanische‹ Straße, unbarmherzigem Licht ausgeliefert und von einer endlosen Reihe allzu farbenfroher Fassaden gesäumt, von Spinnennetzen aus elektrischen Leitungen und Antennen, die sich über den Dächern ineinander verwoben.

Laura und Manuel waren immer die Letzten, obwohl sie zu den wenigen gehörten, die mit dem Auto kamen. Italo hat sich nie um den schulischen Werdegang seines Sohnes gekümmert, er kam kein einziges Mal in die Sprechstunde, um sich bei den Lehrern zu erkundigen. Manuel sollte sich aufgrund seines Reichtums von den anderen abheben – das war seine einzige Sorge; teure Kleidung, immer Geld in der

Tasche und eben das Auto. Doch Italo zum Trotz war Manuel sehr lebendig und ungeheuer neugierig. Als psychisch reif konnte man ihn noch nicht bezeichnen, das nicht. Er hatte vielfältige Probleme im Umgang mit den anderen, er übertrieb es mit der Großzügigkeit, war häufig von entwaffnender Naivität und wurde wie alle Heranwachsenden von heftigen und kurzlebigen Begeisterungsstürmen hingerissen. Doch interessierte er sich für alles, und er gehörte zu den Besten in seiner Klasse. Aus diesem Grund billigte ich auch seine Beziehung zu Laura. Er war der ideale Freund, der einzige, der imstande war, sie aus ihrer Apathie wachzurütteln. Laura und Manuel ergänzten sich nahezu perfekt. Sie hielt Manuels Ungestüm im Zaum, und er rüttelte an Lauras Antriebslosigkeit.«

Auf einer Seite der Terrasse lag das Meer, das um diese Tageszeit kaum noch vom Himmel zu unterscheiden war, auf der anderen zahllose kleine Felder, die der um sich greifenden Verstädterung bislang noch entronnen waren. Weiter hinten, Richtung Ostia, war der Himmel noch rot und von den langen Streifen durchfurcht, die die Flugzeuge hinterlassen hatten. Knapp darunter erstreckte sich eine von armseligen Straßenlaternen auf Holzmasten schwach beleuchtete Landschaft. Unzählige widerrechtlich erbaute Häuschen standen darauf, von denen einige weiß, ocker oder grün gestrichen, andere unverputzt waren und wie getarnt im Gestrüpp der unbestellten verbrannten Felder lagen. Ein endloses Land versteckter, kümmerlicher Gärtchen, in denen Rauke und Tomaten gezogen wurden, hier und da ein paar verrostete Kaninchenställe, kleine Hühnerkäfige und an einer Straßenecke eine Madonna mit vier frischen Nelken in einer Vase.

»Als Lehrer sollte ich so etwas ja nicht sagen, aber ich habe schon immer den Verdacht gehegt, daß in dem Moment, in dem ein Kind zu uns kommt, sein Schicksal in gewisser Weise schon festgeschrieben ist. Laura kam als Einzelgängerin, und als sie ging, hatte ihre Beziehung zur Welt sich nicht wesentlich verändert. Ich sehe sie noch mit dem Attestformular in der Hand auf dem Gang stehen. Besonders im letzten Jahr, als Manuel den Abschluß schon gemacht hatte, fragte sie täglich um Erlaubnis, früher gehen zu dürfen. Der Rektor gestattete es ihr fast nie, doch sie probierte es trotzdem jeden Morgen aufs neue, und ich sah sie in ihrem schwarzen Schulkittel den leeren Gang auf und ab gehen, der ihr, da bin ich sicher, ein Gefühl von Freiheit gegeben haben muß. Tatsächlich bemerkte ich, daß sie ausgeglichener und freundlicher als viele andere Schülerinnen war, wenn sie allein ging, ohne andere Kameraden. Auch wenn wir einmal allein miteinander sprachen. Doch sobald sie mit den anderen zusammen war, wurde sie zum wilden Tier, sie brüllte wegen jeder Kleinigkeit los, sie war imstande, die Jungen zu ohrfeigen, und nur, um anders zu sein als die anderen, aß sie außerhalb der festgesetzten Zeiten, begeisterte sie sich für die Themen, die dem Rest der Klasse gleichgültig waren, und verachtete umgekehrt das, woran die anderen Spaß hatten.«

Hinter dem Haus, jenseits eines schon fast verrotteten Drahtzauns, lag ein riesiges freies Gelände. Linker Hand, wo einmal eine Fabrik oder etwas Ähnliches gestanden haben mußte, konnte man eine Werkhalle erkennen mit Fenstern hoch wie Kirchenfenster, deren Scheiben fast alle zerbrochen waren.

»Meine Freundschaft zu Laura begann im letzten Schuljahr, als Manuel schon mit der Schule fertig und beim Militär war. Laura kam ab und zu am Nachmittag unter dem Vorwand, sich einen Unterrichtsstoff eingehender erklären zu lassen. Und, eingedenk meiner alten Freundschaft zu ihrem Vater, sagte ich nie nein. Allerdings wußte ich, daß ihr Anliegen nur ein Vorwand war. Sie kam herein, setzte sich aufs Sofa und verbrachte dort den ganzen Nachmittag mit Lesen oder Musikhören, während ich an meinem Schreibtisch arbeitete. Auf diese Weise leisteten wir uns Gesellschaft, während dennoch jeder für sich blieb.

Eines Tages tauchte sie wie ein Gespenst im Garten auf. Als ich das letztemal von dem Buch, das ich gerade las, aufgeschaut hatte, war der Platz zwischen Bank und Rosenstrauch noch leer gewesen, deshalb wirkte sie anfangs auf mich tatsächlich wie eine Erscheinung. Reglos stand Laura da, sie starrte mich an, ohne ein Wort zu sagen, und ihr Blick war so voller Haß, wie ich es nie zuvor gesehen hatte.

Als ich näher kam, bemerkte ich, daß sie zitterte und mit den Zähnen klapperte. Ich beruhigte sie und überredete sie, über Nacht zu bleiben. Von jenem Tag an verließ sie mein Haus viele Monate nicht mehr. Vor wem oder was sie davonlief, hätte ich nicht sagen können. Aber ich sah mit an, wie sie jeden Tag tiefer in eine Art kalter Melancholie verfiel, wo es keinen Raum für Gefühle oder Illusionen gab.

Erst viel später erfuhr ich, daß sie an jenem Tag abgetrieben hatte. Ein paar Monate danach überstürzten sich plötzlich die Ereignisse: Manuel wurde bei laufendem Motor tot in der Garage des Landhauses aufgefunden, und Laura ging fort. Was diese Tragödie ausgelöst haben mochte, weiß ich nicht. In der Zeit vor seinem Tod war Manuel oft mit einem Jungen zusammen, den er während des Militärdienstes kennengelernt hatte, Alberto hieß er, und er wäre der einzige gewesen, der ein wenig Licht ins Dunkel hätte bringen können. Aber auch er verschwand gleich nach dem Tod des Freundes aus dieser Gegend. Als ich das letztemal etwas von ihm hörte, hieß es, er habe eine Arbeit in Castellammare gefunden. Dann nichts mehr. Den Rest kennst du besser als ich.«

Der Professore begleitete mich hinaus, und nebeneinander liefen wir ein Stück die Straße entlang, ohne zu sprechen. Nebel war aufgezogen. »Eins muß ich dir noch sagen«, begann Matarasso plötzlich. »Früher oder später wirst du es ja doch erfahren.« Wir lehnten uns gegen einen Bretterzaun. Der Himmel und die Landschaft ringsum verschwanden hinter einem Schleier, der weiß und dicht war wie ein Leintuch, nur an einer Seite angekratzt vom Kondensstreifen eines Flugzeugs und in der Mitte erhellt von der prallen Scheibe des Mondes, dem es nicht gelang höherzusteigen.

»Das Boot, auf dem Laura gestorben ist, gehört mir.«

Mir stockte der Atem, es schien mir unmöglich, daß meine Frau die ganze Zeit über, in der wir zusammengeblieben waren, etwas Derartiges vor mir hätte geheimhalten können. »Weiß der Richter das?« fragte ich.

»Aber natürlich weiß er das, was glaubst denn du? Er

wußte es schon, ehe er mich vorlud. Ich habe ihm dann den Rest der Geschichte erzählt.« Offensichtlich war alles schon seit langem vorbereitet gewesen, Laura hatte an ihre heimlichen Verabredungen schon gedacht, noch bevor sie nach Italien zurückgekehrt war. »Sie fragte mich nach den Schlüsseln, was hätte ich da tun sollen? Ich habe sie gebeten, sie aufgefordert nachzudenken, aber es war nichts zu machen.«

»Wußten Sie denn, mit wem sie sich traf?«

»Hätte ich es doch nur gewußt. Vielleicht hätte ich dann all das verhindern können. Aber Laura hat mir nie etwas gesagt, und ich habe sie nicht gefragt. Ich verstand, daß sie diesen Winkel ganz für sich brauchte, in dem weder für dich noch für mich noch für irgend jemanden sonst Platz war. Ich konnte nichts anderes tun, als ihrem Wunsch entsprechen.«

Er streckte einen Arm aus und strich mir über den Nakken. »Glaubst du mir?«

Ich sah ihn an: »Nein. Es gelingt mir nicht.«

Wir gingen weiter. »Der Tod ist langweilig«, flüsterte der Professore. »Und eintönig. Der Grund für unser Dasein dagegen bleibt für mich ein Rätsel.« Und er begann zu lachen.

ICH befinde mich auf der Strandpromenade von Castellammare di Stabia. Die endlose Weite des Wassers, das nicht blau, sondern braun ist, ein Strand, der von Häusern und ins Meer geworfenem Müll verschluckt wird, und ein Fluß, der nichts weiter als eine Kloake unter freiem Himmel ist. Es heißt, daß es auf dem Grund des Sarnio, unter der Schicht aus Dreck und Müll, noch Leben gibt. Wie das möglich sein soll, weiß ich nicht, aber es gibt ja mittlerweile vieles, das ich nicht begreife. Auf dem Grund des Wassers leben offenbar Algen und Fische, die sich mit dem bißchen verbliebenen Sauerstoff und dem kranken Licht zufriedengeben, das den Filter aus Abfällen und Chemikalien an der Oberfläche noch durchdringt.

Ein träges, glitschiges Leben. Es erinnert mich an die sibirischen Dörfer, die zwischen Straßen aus Eis und hartgefrorenen Mauern die Hälfte des Jahres in der Dunkelheit ausharren müssen. Nach sechs Monaten, wenn endlich das Licht wiederkommt und das Eis schmilzt, weichen die Straßen auf, Matsch kriecht unter die Fundamente und läßt die Häuser mit jedem Jahr tiefer einsinken, und durch Fenster, Dächer und Ritzen dringen auf einmal Licht und Schlamm.

Ist das Leben bei uns nicht wie oben in Sibirien oder wie unten auf dem Grund des Sarnio? Als ich anfing zu begreifen, war ich da nicht auch auf einmal in einer glitschigen und matschigen Welt gefangen, ohne die Gewißheit, mich jemals wieder aus ihr befreien zu können?

Ich bin hergekommen, um nach Alberto zu suchen, Manuels Freund, von dem mir Professore Matarasso erzählt hat. Als ich losfuhr, stellte ich mich auf einen Monat Suche ein, doch schon nach etwas mehr als einer Woche hatte ich es geschafft. Zu meinem Glück lebt ausgerechnet hier in Castellammare ein Onkel von mir. Er versteckte mich die ganze Zeit über und ließ mich in einer Werkhalle der Fabrik schlafen, in der er früher gearbeitet hat und die nun schon seit drei Jahren geschlossen ist. Außerdem mobilisierte er seine sämtlichen Freunde, mir bei der Suche nach der Person, die mich interessierte, zu helfen. Meinen Onkel hatte ich glauben gemacht, daß von Alberto der Beweis meiner Unschuld abhinge, aber in Wirklichkeit hatte ich keine Ahnung, wonach ich eigentlich suchte. Ich folgte einem vagen Instinkt, jede Information kam mir recht, eine war so gut wie die andere.

Wir fanden ihn nach einer Woche. Anfangs schien es aussichtslos. Wir wußten lediglich, daß Alberto Römer war und den Militärdienst in Cosenza abgeleistet hatte, sehr wenig also. In den ersten sechs, sieben Tagen fragten wir überall, aber von Alberto fand sich nicht die geringste Spur. Rein zufällig erzählte schließlich ein Freund meinem Onkel, daß er einige Jahre zuvor einen jungen Römer namens Alberto kennengelernt hatte, der eine Zeitlang in Castellammare gelebt hatte, aber schon vor einer ganzen Weile nach Castel Volturno gezogen war. Also fuhr ich los.

Zusammen mit seiner Frau Cristina betreibt Alberto eine Bar an der Küstenstraße zwischen Castel Volturno und Mondragone, an einem öden Abschnitt, wo unverputzte Häuser mit neugebauten Landhäuschen und kahlen, von Gestrüpp überwucherten Feldern abwechseln. In einer fensterlosen Hütte aus Tuffstein verkaufte eine bucklige Alte frischen Fisch; an einem Gitter hing das Schild eines Zahnarztes, und auf den Pfeilern der Einfriedung einer Villa standen Schneewittchen und die sieben Zwerge. Über eine Treppe gelangte man auf die Terrasse vor der Bar, wo sich ein halbes Dutzend Männer in starkem Dialekt über das sanfte Meer und über Maradona unterhielten, der jetzt zum Fußballspielen nach Argentinien zurückging, und vier Araber in ihrer Sprache plauderten.

Das Häuschen, in dem sich die Bar und die Wohnung von Alberto und Cristina befinden, ist zwar nicht mehr das neueste, aber ohne Frage das adretteste in diesem ganzen Straßenabschnitt. Mit seiner schattigen Terrasse, dem rosa Tischtuch, dem frisch angestrichenen schwarzen Gitter und den aquamarinblauen Holzfenstern würde es sich selbst in einem so gepflegten Badeort wie Rimini oder Lignano nicht schlecht machen. Aber an diesem Ort, als Nummer 2279 der Küstenstraße, mit den Betonbrocken am Strand und der stets abgeschalteten Ampel, den von Unkraut zerfressenen Bürgersteigen und dem Asphalt, der die verblichene Farbe des Sands hat, macht es einen trostlosen und verlassenen Eindruck. Mir kam es vor, als befänden sich auch die Spatzen, die gegen den allzu blauen Himmel flatterten, am Rande der Erschöpfung, besiegt von Hitze und Müdigkeit. Wären sie einer nach dem anderen plötzlich zu Boden gefallen, hätte mich das nicht weiter überrascht. Selbst die Katzen, die sich an die Mäuerchen schmiegten, wirkten wie ausgestopft.

Alberto sagt, daß sich seine Freundschaft mit Manuel während des Militärdienstes in Cosenza entwickelte. Aufgrund seines naiven und unentschiedenen Charakters war Manuel vom ersten Tag an ein Opfer für die Späße seiner Kameraden. Schon bald schlossen sich die beiden jungen Männer in einer Art Zwangsbündnis zusammen. Man kann sich vor der Eintönigkeit genauso fürchten wie vor der Grausamkeit, denn beide rühren im Grunde von derselben Abartigkeit der Seele her, vom selben Haß auf die Körper.

Als einzige Reaktion auf die Bedrohung erbat Manuel Hilfe. Mit Tränen in den grünlichen Augen bat er seinen Freund, ihn zu beschützen. Gelegentlich wirkte er finster und geheimnisvoll – ein Mensch, geboren, um zu leiden und sich der Welt in seiner Erniedrigung zu zeigen, und dann rief er Abscheu hervor. Manchmal aber auch eine große Zärtlichkeit. Dann half man ihm wie einem Sohn oder wie einem kleinen Bruder.

Trotz der Bosheiten, die er tagtäglich erdulden mußte, tat Manuel nichts, um aus diesem Zustand der Unterjochung und Demütigung auszubrechen, im Gegenteil. In seiner grenzenlosen Naivität bemühte er sich weiterhin um Aufnahme in die Gruppe. Einen Tag, nachdem er weinend zu

Alberto gelaufen war, lachte und scherzte er, als wäre nichts geschehen. Diese Einfältigkeit war sein Unglück, sagt Alberto. Nur ganz wenige Menschen wissen eine reine Seele zu schätzen und sind in der Lage, sich über diese wirklich idiotische Gleichsetzung von Einfältigkeit und Untauglichkeit hinwegzusetzen. Aufgrund der munteren Bosheit seiner Kameraden erlebte Manuel viele, viele Tage der physischen und psychischen Pein.

So verging fast der ganze erste Monat, und in dieser Zeit festigte sich die Freundschaft zwischen Alberto und Manuel, sie wurden wie Brüder. Doch dann kam jener drückend heiße Septembertag, an dem die erste ernsthafte Übung in der Kaserne stattfand, ein Probealarm. Es war eine jener Situationen, in denen sich die Stunden des Wartens endlos dahinschleppen, die Beziehungen zur Außenwelt mit einemmal unterbrochen werden und alltägliche Lebensgewohnheiten keinen Bestand mehr zu haben scheinen.

Alberto aß nie in der Kaserne. Vom ersten Tag an hatte es ihn angewidert, denn während des Küchendienstes hatte er bemerkt, daß sich im Brotregal große schwarze Schaben eingenistet hatten. Deshalb ließ er auch an diesem Tag das Abendessen aus und suchte in einer versteckten Ecke hinter dem Magazin Zuflucht, wo er durch ein Gittertor die Straße beobachten konnte. Er setzte sich auf einen Treppenabsatz, lehnte sich mit den Schultern gegen die noch immer glühendheiße Mauer und verharrte so. Als mit den Rolläden der Geschäfte draußen und mit demselben Getöse urplötzlich die Dunkelheit hereinbrach, stand Alberto auf und machte sich auf den Weg zu den Schlafsälen. Mit einer Hand stützte er sich an der Mauer ab, weil ihm wegen des Hungerns ein wenig der Kopf schwirrte. Dort saßen seine Kameraden in einem lärmenden Kreis beisammen. Ein Kreis, lärmend und verraucht, der geradezu ein Symbol für das Soldatenleben war. Einer war ein Turiner namens Corbaci, der nicht nur auf die großzügige Summe zählen konnte, die seine Familie ihm jede Woche schickte, sondern auch auf die Nachsicht des Leutnants, und der deshalb immer gut mit Haschisch versorgt war. An jenem Abend hatte er die Spendierhosen an und lud alle ein mitzurauchen. Alberto trat näher und sah zwischen den Köpfen hindurch, während der Haschischgeruch immer intensiver wurde. Es braucht nicht eigens erwähnt zu werden, daß Manuel kräftig mitmischte und sich mit der ihm eigenen schüchternen Aufgeregtheit an der Party beteiligte, obwohl er noch nicht einmal eine Marlboro geraucht hatte. Er war sogar einer der Eifrigsten, er äffte die tollsten Gebärden nach und stellte eine Selbstbeherrschung zur Schau, die einfach nur lächerlich wirkte. Beim ersten Zug bekam er einen solchen Hustenanfall, daß er blau anlief. Die Augen traten ihm aus den Höhlen, Äderchen waren geplatzt und die Lippen geschwollen. Die anderen lachten ihn natürlich aus.

Erschöpft vor Langeweile und Ekel, so Alberto, habe er sich auf sein Feldbett gesetzt und muß dann wohl, mit den Schultern ans Bett gelehnt, eingeschlafen sein. Es war ihm nicht einmal bewußt, daß er schlief, aber dann wurde er durch ein nervöses Rütteln aufgeschreckt. Schweißgebadet kam er wieder zu sich, das Walkman-Kabel hatte sich in seinen Armen verheddert, und Lucio Dalla blubberte ihm seine sarkastischen Zornausbrüche in die Ohren.

Er bekam kaum Luft. Der schlechte Geruch, der über dem Schlafsaal hing, verursachte ihm Übelkeit. Es hatte sich eine Apathie breitgemacht, und um Hygiene kümmerte man sich zuallerletzt. Das Leben beim Militär ist so beschaffen, daß jede Art der Nachlässigkeit letztlich sogar einen gewissen Ruhm begründen kann. Nachdem sie den ganzen Tag Schießübungen gemacht, marschiert und dementsprechend durchgeschwitzt waren, vergnügten sich die Soldaten allabendlich bei dem Wettkampf »Wer stinkt am meisten?«. Unter die Dusche gingen die wenigsten. Die Mehrheit beschränkte sich darauf, die klebrigen und staubigen Klamotten auszuziehen, sich auf ihr Feldbett zu legen und die Zeit von selbst vergehen zu lassen. Alberto fand sie allesamt unerträglich. Er mußte sich überwinden, einem seiner Kameraden in die Augen zu schauen. Dauernd befürchtete er, in dessen Gesicht die ungerechtfertigte Fröhlichkeit wiederzuerkennen, die inzwischen seine schlimmste Zwangsvorstellung geworden war – mehr noch als die Gefangenschaft, der er unterworfen war. Diese Ausgelassenheit verstand er nicht, und er konnte sie nicht akzeptieren. Seine Kameraden waren alle gleich optimistisch, idiotisch und schmutzig.

Sein eines Auge wollte nicht offenbleiben, es brannte und war wie ausgetrocknet. Er tat, als schliefe er weiter, und drehte sich zum Fenster, durch das er zwei Palmzweige erkennen konnte, die die Freunde seiner endlosen Nächte geworden waren, sowie einen Fetzen Fahne, der schwerfällig in der Hitze baumelte.

Nach ein paar Minuten erschien schließlich ein Soldat im

Laufschritt und verkündete, daß der Leutnant die Treppe heraufkam, um den Abendappell durchzuführen. Der letzte Jointrest wurde unter Schuhsohlen ausgedrückt und ins Klo geworfen. Als der Leutnant den Schlafsaal betrat, war der Gestank immer noch intensiv, aber der Offizier tat, als bemerke er ihn nicht. Er nahm den Appell ab und knipste beim Hinausgehen das Licht aus.

Alberto stieß einen Seufzer der Erleichterung aus. Vielleicht konnte er ja jetzt ein bißchen schlafen. Er war überzeugt, daß der Alarm nicht vor drei Uhr ausgelöst würde. Der Kommandeur wählte nämlich immer den kompliziertesten Weg. Die Luft war zum Schneiden, der Haschischgeruch vermischte sich mit dem Muff aus den Rucksäcken und mit dem Fett, mit dem die Rekruten allabendlich die Springerstiefel polieren mußten.

Doch auf einmal waren seltsame Geräusche im Schlafsaal zu hören. Im ersten Moment dachte man an Ohrfeigen, doch das Klatschen kehrte rhythmisch wieder und wurde vom immer frenetischer werdenden Scheuern der Laken begleitet. Dann hörte Alberto Stöhnen heraus. Erst nach einer Weile begriff er, was da im Schutz der Dunkelheit vor sich ging. Er begriff es aufgrund bestimmter heftiger Bewegungen unter den Bettdecken, die er im Halbschatten, den der Mond auf die schwarzen Umrisse in den Betten warf, ausmachen konnte. Der Soldat im Feldbett neben ihm gehörte zu den Eifrigsten und hatte, als er sich dem Orgasmus näherte, die Decke abgeworfen, um den anderen sein angeschwollenes Glied zu zeigen, an dem er schnaufend und übertrieben heftig rieb.

Die kollektive Selbstbefriedigung war von kurzer Dauer. Schon nach wenigen Minuten war der Schlafsaal von atemlosem Wispern erfüllt. Einer verglich halblaut seine Bestzeit mit der seines Nachbarn, ein anderer erkundigte sich danach, welche erotischen Objekte seine Freunde sich so vorstellten. Im allgemeinen Geflüster hörte Alberto deutlich die aufgeregte Stimme Manuels heraus, der die anderen nach einem Taschentuch oder einem Stück Klopapier fragte. Aber – wie hätte es anders sein können – keiner gab ihm eins.

Von seinem Platz aus horchte Alberto auf das leiseste Flüstern, er wollte sich nichts entgehen lassen. Er konnte nicht wissen, wann, aber er war sich absolut sicher, daß alles schon vorher abgesprochen worden war, auch der Zeitpunkt, als sie anfingen. Er saß da, starrte in die Dunkelheit und lauschte dem ermatteten Treiben seiner Kameraden. Bis auf einmal Schritte auf der Treppe zu hören waren. Draußen auf dem Gang gingen eins nach dem andern die Lichter an. Jetzt ist es wohl soweit, dachte Alberto. Aber ihm war sofort klar, daß das nicht sein konnte, denn der Alarm wäre mit Sicherheit durch ein Trompetensignal, eine Sirene oder etwas Ähnliches angekündigt worden. Es mußte sich um eine Inspektion handeln, um eine Vorkontrolle. Und wirklich, als endlich auch das Licht im Schlafsaal anging und schlagartig die zerwühlten Betten überflutete, erschien stocksteif der Hauptmann.

Der Hauptmann war ein ziemlich grober Kerl, vor dem alle zitterten. Seine Uniform war tadellos, er selbst war braungebrannt und muskulös und hatte eine böse Miene aufgesetzt, die einem Angst einjagte. Kaum war er eingetreten, fing er an zu brüllen und schritt mit vor der Brust verschränkten Armen und wütenden Blicken langsam auf und ab. Nach all der entfesselten Partystimmung war von einem Augenblick zum anderen das blanke Entsetzen über den Schlafsaal hereingebrochen, was Alberto natürlich gefiel. Er verspürte den Kameraden gegenüber fast so etwas wie Schadenfreude.

»Wonach riecht es hier?« fragte der Hauptmann. Dann befahl er strammzustehen und begann der Reihe nach die Betten zu durchwühlen. Er beschimpfte jeden einzelnen Soldaten und sah aus wie ein zorniges Monster, das allein schon durch die Nähe zu seinesgleichen zur Weißglut gebracht wurde und die Kontrolle über sich verlor. Er brüllte und stand dabei so nah vor dem jeweiligen Soldaten, daß sich häufig die Nasen berührten. »Ihr nichtsnutzigen Stümper! Euch hat man wohl beigebracht, immer nur das zu tun, wonach euch der Sinn steht, was? Aber damit kommt ihr bei mir nicht durch!«

Der Hauptmann hatte die Durchsuchung der ersten Bettenreihe beendet und begann mit der nächsten, ohne auch nur eine Spur dessen zu finden, wonach er suchte. Als er an Manuels Bett kam, schlug er die Laken zurück, hob das Kissen, und zum Vorschein kam – welche Überraschung – ein nicht ganz walnußgroßes Kügelchen aus Stanniol.

»Ich habe das nicht da hingetan!« schrie Manuel, zu Tode erschrocken.

Keiner aus der Gruppe der Drahtzieher ließ sich das geringste anmerken. Wenn man sie so seelenruhig in ihrer

Hinterhältigkeit sah, hätte nicht einmal der Mißtrauischste an ihnen gezweifelt. Manuel suchte Alberto mit den Augen und warf ihm einen flehenden Blick zu, aber dieser drehte den Kopf zur Seite. Diesmal mußte der Freund allein zurechtkommen.

Manuel wurde buchstäblich von Panik ergriffen. Er troff vor Schweiß und zitterte. Ihm war nicht bewußt, daß er durch dieses Verhalten seine Lage nur noch schlimmer machte. Tatsächlich war der Hauptmann jetzt nicht mehr wütend, er war erregt. Er brüllte nicht mehr, sondern sprach langsam, um seine Lippen spielte ein leises Lächeln. Ein ironisches, besitzergreifendes Lächeln, wie man es manchmal bei Halbstarken sieht, die Mädchen nachstellen und von vorneherein davon überzeugt sind, daß diese sich nichts sehnlicher wünschen, als mit ihnen ins Bett zu gehen. Er war sich seiner Sache sicher. Unterdessen weinte Manuel weiter und beteuerte unablässig: »Ich habe das nicht da hingetan, das gehört mir nicht!«

»Und wem gehört es dann?« fragte der Hauptmann zurück, bemüht, vertrauenerweckend zu wirken, im selben Moment aber schon vor wütender Befriedigung bebend.

Völlig am Ende ließ Manuel sich auf sein Bett zurückfallen. Er hatte eine ausgefranste Unterhose an, auf der ein paar Tropfen Urin kleine gelbe Flecken hinterlassen hatten. Der Hauptmann nahm Manuels Arm und begann ihn von der Schulter zum Ellbogen zu streicheln, ihn immer freundlicher zu berühren. Manuel keuchte jetzt. Wieder suchte er Alberto mit den Augen, und diesmal deutete der Freund auf den Turiner.

Halblaut, fast in sein Ohr hinein, wiederholte der Hauptmann ständig dieselben Worte: »Sag mir, wem es gehört. Ich glaub dir ja, daß es nicht deins ist, aber sag mir, wem es gehört.«

»Es gehört ihm!« schrie Manuel auf einmal und machte sich los.

»Wem, ›ihm‹?«

»Corbaci, dem Turiner.«

Weniger als eine Stunde später wurde endlich Alarm gegeben. Das Ganze dauerte nicht länger als eine halbe Stunde. Rucksack auf und im Laufschritt hinunter auf den Hof. Die Gefreiten stoppten die Zeit der einzelnen Kompanien, die langsamsten wurden getadelt, die schnellsten gelobt, das war alles. Müde und schlaftrunken kehrten die Soldaten ins Waffenlager zurück, um ihre Gewehre abzugeben. Als sie wieder in den Schlafsälen waren, geschah das, was Alberto von Anfang an erwartet hatte.

Sie befanden sich in der Baracke bei den Toiletten. Alberto blieb draußen stehen, um zu lauschen. Sie machten Manuel nach Strich und Faden fertig. Deutlich waren die Faustschläge, die Tritte, sein Gejammer und sein Würgen zu hören, das sich mit den Schluchzern mischte. Es dauerte jedoch nicht lange, dann kehrte Ruhe ein, die nur von Manuels leisem Weinen gestört wurde. Alberto beteuert, er habe den Freund die ganze Nacht über trösten müssen, und um ihn aufzumuntern schlug er vor, am folgenden Abend gemeinsam mit ihm auszugehen. Er würde ihn zusammen mit Cristina abholen, wenn sie Ausgang hatten.

Wie jeden Samstag war Cristina auch diesmal nach

Cosenza gekommen, aber durch die unvorhergesehene Übung, die in der Kaserne verfügt worden war, sah sie sich gezwungen, allein in der Stadt zu bleiben. Also hatte sie sich ins Taxi gesetzt, um sich ein Hotel zu suchen, was gar nicht so einfach war, weil ausgerechnet an jenem Tag ein Kongreß über den Mezzogiorno abgehalten wurde und die Hotels alle belegt waren. Schließlich fand sie ein Zimmer am Stadtrand, in einem kleinen abgelegenen Hotel an der Staatsstraße.

Das Mädchen ging aufs Zimmer, nahm ein heißes Bad und machte sich fürs Abendessen fertig. Um fünf nach neun – Cristina erinnert sich daran, als sei es gestern gewesen – betrat sie das Restaurant. Der ältere Herr und das Mädchen mit den langen dunklen Haaren, die am Tisch gegenüber saßen, fielen ihr deshalb auf, weil sie außer ihr als einzige nicht in Abendgarderobe erschienen waren. Im Gegenteil: Der Mann, der mit seinem schmalen Schnauzbart und der gebräunten Haut durchtrainiert und jugendlich wirkte, trug Jeans und ein Hemd mit hochgekrempelten Ärmeln, die Frau ein langes weites Baumwollkleid mit sehr auffälligem Blumenmuster im Zigeunerstil. Erst nach einer Weile, sagt Cristina, fiel ihr ein, daß sie dasselbe Pärchen schon bei der Abfahrt des Zuges in Rom gesehen und für Vater und Tochter gehalten hatte.

Im Restaurant mit den knallrosa Tischtüchern und den winzigen Nelken in der Vase auf dem Tisch mußte Cristina ihre Einschätzung jedoch revidieren, denn die beiden verhielten sich unverkennbar wie zwei Liebende, mit Kniekontakt und allem, was dazugehört. Das Mädchen sah ihren Liebhaber an, als wäre er der erste Mann, dem sie begegnet war. Wenn nicht gar, sagt Cristina, »der einzige Mann auf der ganzen Welt, und als wäre ihr das große Glück zugefallen, ihn zu besitzen und mit ihm zu sprechen«.

Er dagegen war entspannter, selbstsicher, fast als schmeichelte es ihm kein bißchen, sich in einer intimen Situation mit einer so viel jüngeren Frau zu befinden. Er sagte fast nichts, doch wenn er es tat, dann flüsterte er ihr ins Ohr. Er beugte sich zu ihr herüber und hauchte etwas durch ihre Haare, halb Worte und halb Kuß, während er mit der Hand, das sah Cristina, unter dem Tisch ihren Schenkel streichelte. Dann lachten beide, sie ein bißchen aus Verlegenheit und mit gesenktem Blick, er genießerisch, und jedesmal freute er sich über die Bestätigung der Macht, die er über sie ausübte.

Am nächsten Morgen wartete Cristina vor der Kaserne auf Alberto. Sie machten einen Bummel durch die Altstadt, dann kosteten die Verlobten ihr Beisammensein im Hotel aus. Als sie zur Verabredung mit Manuel aufbrachen, erlosch bereits das flammende Licht des Nachmittags. Die Luft war jetzt unbeweglich und wie von der überreichlichen Sonne der Mittagsstunden ausgezehrt. Asphalt und Hausmauern schwitzten eine dichte und klebrige Feuchtigkeit aus, die einem das Hemd an der Haut festkleben ließ und den Atem nahm.

Sie fuhren mit dem halbleeren Bus und stiegen kurz nach halb sechs an der Haltestelle vor der Kaserne aus. Ängstlich wie er war, wartete Manuel sicher schon auf sie. Tatsächlich sahen sie ihn vor dem Tor auf der anderen Seite stehen und mit zwei Personen sprechen, die keine Uniformen trugen.

Alberto und Cristina konnten nicht gleich erkennen, um wen es sich handelte, weil sie sich auf der anderen Fahrbahnseite befanden. Dazwischen lag ein langer gerader Mittelstreifen, der nach Vorstellung der Planer vielleicht mit Oleanderbäumen bepflanzt werden sollte, jetzt aber nur in der Sonne glühte. Jedes Auto, das vorbeifuhr, wirbelte eine Wolke aus Staub und dürren Ästen auf, die die Sicht auf den Bürgersteig gegenüber verhüllte.

Erst als sie näher kamen, erkannte Cristina den Mann und das Mädchen, die sie am Vorabend im Restaurant gesehen hatte. Manuel, der schon wieder vergessen hatte, was ihm widerfahren war, schien überglücklich. Er begrüßte die beiden Neuhinzugekommenen lächelnd und stellte alle einander vor. Das ist mein Freund Alberto mit seiner Verlobten Cristina, sagte er, an den Mann gewandt. Das ist mein Vater, sagte er dann und wandte sich Alberto zu. Und das ist Laura, meine Verlobte.

Manche Menschen sind dazu verurteilt, bei jedem Kontakt mit der Welt den kürzeren zu ziehen. Sie sind Engel, die in ihrer eigenen Güte gefangen sind. Die anderen verspüren ihnen gegenüber keine Furcht und haben deshalb auch keinerlei Hemmungen, ihre ganze Niedertracht auf sie zu entladen. Sie sind die Zielscheibe, auf die Sadismus und Egoismus ungezügelt und unbarmherzig abgefeuert werden. Doch gerade deshalb sind diese Menschen vielleicht weiser als die anderen, weil sie die Geißel der Gewaltanmaßung und der Angst am eigenen Leib erfahren. Sie haben das Privileg, die Menschen von Grund auf kennenzulernen, sie erfahren, was in ihnen vorgeht, jedoch nicht durch den Augenschein, sondern durch die Sohle ihrer Schuhe.

Ich verstehe Alberto, ich verstehe die Lage, in der er sich auf einmal befand. Doch sein anmaßendes Streben nach Wahrheit, das ihn dazu führte, Manuel alles zu verraten und ihm ins Gesicht zu schleudern, wie erbärmlich schlecht aufgehoben sein Vertrauen war – dieses Bedürfnis nach Loyalität ähnelt auf fatale Weise den unzähligen Formen der Gewalttätigkeit, ist nur eine der vielen Methoden, den Mitmenschen zu peinigen. Wie hätte Alberto sich wohl verhalten, wenn ein anderer an Manuels Stelle gewesen wäre, Daniele zum Beispiel? Mag sein, daß ich mich irre, aber ich denke, daß seine Ehrlichkeit nicht so nachdrücklich gewesen wäre.

SEIT einiger Zeit habe ich die Gewohnheit angenommen, tagsüber im schützenden Schatten einer Unterführung oder in einem Gebüsch versteckt zu schlafen und dafür nachts unterwegs zu sein. Seit Wochen reise ich ununterbrochen, zu Fuß oder per Anhalter, meine Reiseziele sind die der barmherzig gestimmten Lastwagenfahrer, die mich mitnehmen. Mir sind nur die Kleider geblieben, die ich anhabe, und dieses Heft, auf dessen Umschlag Kaffeeflecken, Fingerabdrücke und Kratzer den Titel meiner Geschichte geschrieben haben. Ich kann nicht sagen, daß ich unglücklich bin. Wenn ich nicht schon alle meine Ersparnisse aufgebraucht hätte, würde ich meine Wallfahrt ins Nichts weiter fortsetzen, meine Nächte durchwachen, mit den Fernfahrern, an deren Gesichter ich mich nach ein paar Stunden nicht einmal mehr erinnere, über Fußball und Politik streiten. Ich bin immer unterwegs, ich lebe auf den Bürgersteigen mir unbekannter Städte, ich gehe mit gesenktem Kopf und schnellem Schritt und zwinge die anderen, mir auszuweichen, wenn sie nicht mit mir zusammenstoßen wollen.

Heute, als ich aus einem Laster stieg, der mich vielleicht in Bari aufgegabelt hatte, stellte ich überrascht fest, daß ich wieder in Rom war. Ohne daß es mir auch nur bewußt gewesen war, hatte ich mich nicht weit von meiner Wohnung absetzen lassen, in derselben Gegend, aber in einem Neubauviertel, das ich nicht kannte. Zum erstenmal nach so langer Zeit hob ich den Kopf und blickte nach oben. Um mich herum ragten große Gebäude mit Spiegelglasfassaden auf, in denen sich der Himmel und das Leben der Bewohner eines alten Mietshauses gegenüber spiegelten. Ich setzte mich auf die Bordsteinkante und ließ meine Augen in diesem Mosaik aus Fenstern umherschweifen, von denen einige geöffnet waren. In den geschlossenen Fenstern spiegelten sich Fensterläden der Häuser auf der anderen Straßenseite, die ihrerseits teils offenstanden, teils geschlossen waren, um ein geheimnisvolles Dunkel zu schützen. Ein Knäuel von Lebensfäden, in deren Wirrwarr ich hier und da ein paar Szenen erkennen konnte. Eine Scheibe reflektierte eine Frau, die aus dem dritten Stockwerk heraus einen kleinen Jungen auf der Straße ausschimpfte, während in dem hochgeschobenen Fenster daneben ein Angestellter mit über die Stuhllehne gehängter Jacke den Blick fortwährend hob und senkte, wahrscheinlich von einem Blatt Papier zur Tastatur der Schreibmaschine. Ein junges Paar, unklar, ob auf dieser oder der anderen Straßenseite, umarmte sich auf dem Fensterbrett, und ab und zu schnippte der Junge Zigarettenasche in die Geranienkästen. Weiter unten dann das Getümmel der Käufer, die wie Nachtfalter an den Schaufenstern hingen, die in der Sonne glitzerten. Als ich wieder aufstand, war es, als hätte jemand einen Schalter in meinem Kopf ausgeknipst, und ich hörte die Dunkelheit, sah die Stille.

Der starke Uringeruch bewirkte wohl eher, daß ich wieder zu mir kam, als das Glas Cognac, das mir jemand an die Lippen und gegen die Nase drückte. Das erste, was ich unterscheiden konnte, war das vergnügte Gesicht eines Jungen, der einen Arm um meine Schultern gelegt hatte und mich wie ein Baby zu füttern versuchte. »He«, schüttelte er mich, »war das ein ordentliches Bier oder ein beschissenes Leben, das dich so zugerichtet hat?«

Aber ich konnte ihm nicht antworten, die Zunge klebte mir am Gaumen, und im Chaos der Motoren, Stimmen und quietschenden Bremsen, das aus mir herausbrach und sich um mich herum auf der Straße ausbreitete, ging mir seine gute Laune ein bißchen auf die Nerven. Mir war vor allem unwohl wegen der vollgepißten und ölverschmierten Ecke, in der man mich untergebracht hatte. »Was weiß denn ich!« antwortete ich, als ich endlich ein paar Silben artikulieren konnte.

Der andere lächelte wieder: »Seit wann hast du nichts mehr gegessen?«

»Weiß nicht, das weiß ich auch nicht. Zwei, drei Tage vielleicht.« Ganz langsam begann mein Kopf wieder zu arbeiten, aber ich hatte das Gefühl, bei der kleinsten Bewegung erneut zusammenzubrechen.

»Warte hier auf mich, ich bin gleich zurück.« Behutsam schob er mich gegen die Mauer und ging fort. Er blieb nur ein paar Minuten weg – genug Zeit, um einem krawattetragenden Herrn, der mich aus einem an der Ampel wartenden BMW heraus verächtlich ansah, einen dröhnenden Rülpser hinüberzuschicken. Dann kam mein unbekannter Helfer mit einem Stück Pizza und einem Fruchtsaft zurück: »Da: Kohlenhydrate und Zucker, damit kommst du die nächsten Stunden über die Runden.«

Ich verschlang alles mit einer solchen Gier – eine Müllverbrennungsanlage hätte es auch nicht besser gemacht, und der andere sah mir dabei halb belustigt, halb mitleidig zu. Er wollte wissen, woher ich sei, und als ich sagte, ich käme aus Rom, wollte er es beinahe nicht glauben: »Wie hast du das denn angestellt, in deiner eigenen Stadt so auf den Hund zu kommen? Du siehst aus, als hättest du gerade eine Katastrophe hinter dir.«

»Irrtum. Ich habe sie nicht hinter mir, ich stecke mittendrin.« Jetzt erst wurde mir bewußt, daß der Junge, der langes, hinten zu einem Zopf gebundenes blondes Haar hatte, mit ausländischem Akzent sprach. Es war kaum wahrnehmbar, aber jetzt, da ich langsam die Orientierung wiedererlangte, hörte ich es heraus. Vor allem beim »t« und beim »d« schlug seine Zunge Kapriolen und machte ein bißchen, was sie wollte. »Und du?« fragte ich. »Erzähl mir bloß nicht, daß du auch Römer bist.«

»O nein, ich bin Albaner. Ich heiße Gezim. Aber wenn dich das tröstet, Katastrophe ist ein Ort, den wir bei uns zu Hause auch ganz gut kennen.« So schlossen wir Freundschaft, ich völlig am Ende auf dem Bürgersteig sitzend, an die Mauer gelehnt, er neben mir kauernd.

Wir blieben ein paar Stunden so sitzen. Als ich mich einigermaßen erholt hatte, half ich Gezim sogar dabei, Papiertaschentücher und parfümierte Wunderbäume an den Ampeln zu verkaufen, obwohl ich es eigentlich nicht erwarten konnte, in ein Bad oder meinetwegen auch nur ans Flußufer zu gehen und meine stinkenden Klamotten auszuziehen.

Gegen Abend nahmen wir Tüten und Gepäck und gingen. »Hast du irgendwo eine Wohnung, oder weißt du nicht, wo du schlafen sollst?« fragte Gezim. Ich sagte, ich könne ja und nein antworten, ohne die Unwahrheit zu sagen, und da lud er mich ein, mit ihm zu kommen. Mit dem frischen Wind des Sommerabends stellte sich eine entspannte Ruhe ein, die den offenen Fenstern der Wohnhäuser zu entströmen schien, den von den letzten Strahlen der Sonne beschienenen und ganz verkrusteten Mauern, den rauchgeschwärzten Balkonen und sogar den Frauen und Männern, die sich zu dieser Stunde Zeit ließen für ein Schwätzchen vor den Hauseingängen und Ladentüren.

NUN bin ich also hier, seit einem Monat lebe ich bei ihm zu Hause. Gezim hat sich als wahrer Freund erwiesen, und obwohl er eigentlich nur behelfsmäßig wohnt, da er seine winzige Wohnung mit drei anderen teilt, hat er mich die zusätzliche Belastung, die meine Anwesenheit für ihn bedeutet, nie spüren lassen, selbst dann nicht, als ich ihm die Ursache meines Unglücks erzählt habe. Er ist Maler, und nach allem, was ich davon verstehe, sogar ein guter Maler. Seine Bilder sind hingeworfene Fetzen von Licht und Leben, manchmal Landschaften und manchmal nicht einmal das. Oft kann er eins verkaufen, ab und zu geht er zur Porta Portese oder auf die Piazza Navona, und nicht selten kommt er mit einem hübschen Sümmchen nach Hause zurück.

Mit ihm Freundschaft zu schließen ist, glaube ich, die einfachste Sache der Welt. In meinem ganzen Leben habe ich noch nie einen Menschen getroffen, der so unfähig zu Hinterlist und Ausflüchten ist wie er. Wahrscheinlich liegt es an dem unterschwelligen Schmerz, der sich in seinen Augen verbirgt, daß er den Eindruck vermittelt, er habe eine derart dramatische Geschichte und Vergangenheit hinter sich, daß jede Form von Engherzigkeit und Kleinlichkeit an ihm abprallt und nur eine schlichte Heiterkeit übrigbleibt, eine Art melancholische Unbeschwertheit.

Er ist nicht schön, beileibe nicht, mit seinem roten Haar und einer Haut heller als Vanilleeis. Doch er ist mehr als schön, er ist intensiv, und in seiner Gegenwart verspürt man das Bedürfnis, *wahrhaftig zu sein*, wie er es nennt, ohne sich das Leben unnötig schwerzumachen. Er ist nur traurig, wenn er von der Telefonzelle zurückkommt, nachdem er mit seinen Eltern in Albanien telefoniert hat. Albanien ist das einzige, was ihm Sorgen bereitet: »Der Kommunismus war wie ein Korken, der ein Faß mit verdorbenem Wein unter Verschluß gehalten hat«, sagt er. »Als der Korken raus war, wurde der Gärungsprozeß erst so richtig in Gang gesetzt, und der Inhalt ist explodiert. Es ist wie im Wilden Westen. Die Leute bringen sich wegen Sachen um, die vor vierzig Jahren passiert sind, es kommen Fehden ans Tageslicht, die jahrzehntelang im Verborgenen geschwelt haben. Banden veranstalten Raubzüge, sie klappern die Häuser ab und stehlen alles, vergewaltigen die Frauen. Und mein Vater ist alt …«

An einem Sonntagnachmittag des Jahres 1990 gegen sechs Uhr spielte Gezim in seinem Dorf Ure-Yaigurore auf der Wiese Fußball, eine Art Derby, das mit den Jungen aus dem Nachbardorf aufgrund einer Wette veranstaltet wurde, als er plötzlich keine Gegner mehr vor sich sah. Nicht einen. Er lief, den Ball am Fuß, auf das leere Tor zu, doch zwischen ihm und dem Netz war nur eine frisch aufgewirbelte Staubwolke. Er blieb stehen, sah sich um und bemerkte das große Durcheinander, das am Spielfeldrand entstanden war. Er sah den Schatten seines Freundes Artur, der auf ihn zurannte – die Sonne in seinem Rücken war wie eine gelbe Stichflamme, und im Gegenlicht wirkten die von Unkraut überwucherten unbestellten Felder wie roter Dunst – und ihm zurief: »Nach Tirana! Wir fahren alle nach Tirana! Die Botschaften sind offen!«

Im Bahnhof stürmten sie den Zug, drängten sich auf den Sitzen zusammen, kauerten sich mit den Knien am Kinn in den Gängen am Boden und sogar in die Gepäcknetze. Bei ihrer Ankunft in Tirana waren jedoch alle Botschaften bereits umstellt, und davor erhob sich unüberwindlich eine Mauer aus Soldaten mit den Gewehren im Anschlag. Sinnlos zu kämpfen. Es war schon gefährlich, sich überhaupt blikken zu lassen, denn eine Verhaftung wegen versuchter Ausreise zog unweigerlich die Todesstrafe nach sich. Obwohl das »Ausland« in greifbarer Nähe war, Frankreich direkt vor der Nase, Italien gleich um die Ecke und Australien zwei-, dreihundert Meter entfernt lag, mußten Gezim und seine Freunde den Rückzug antreten und wieder nach Hause gehen.

»Ihr könnt nicht begreifen, was da passiert ist. Wenn ich manchmal mit den Leuten rede, werde ich gefragt, ob hinter der Flüchtlingswelle eine Organisation stand. Aber es gab nichts dergleichen. Es war zugleich ein Fest und ein schmerzliches Ereignis.«

Über Monate hinweg hatte er diese vollbeladenen Züge an sich vorbeifahren sehen, die so seltsam still waren, als ob ein jeder, obwohl Teil einer beeindruckenden und immer größer werdenden Menge, tief in seinem Innern irgendwie hoffte, unbeobachtet durchzukommen. Er hatte von vielen gehört, die wenige Wochen nach ihrem Aufbruch erschöpft und desillusioniert zurückgekehrt waren, ohne auch nur einen Fuß auf ein Schiff gesetzt zu haben.

Zufälle, unvorhergesehene Ereignisse, Umstände, denen man gewöhnlich wenig Bedeutung beimißt und die man nach Möglichkeit abzuwenden versucht. Und doch war es gerade die Häufung von Zufällen und unvorhergesehenen Ereignissen, die Gezims Abenteuer Erfolg bescherte. Am Morgen seiner Abreise zum Beispiel, am kalten Kai im Hafen von Durrës, befand sich Gezim in derselben gewaltigen und ohnmächtigen Menge wie ein Jahr zuvor, vor sich dieselbe graue Mauer bewaffneter Polizisten. Doch sie fiel beim ersten Angriff, diese Mauer, weil viele der jüngeren Polizisten, die die Brücke schützten, vielleicht aus Solidarität, vielleicht in der heimlichen Absicht, sich auch unter den Flüchtlingsstrom zu mischen, nicht auf die Menge schossen, sondern zurückwichen.

Viele kamen durch, sagt Gezim, einige langsam, andere schneller laufend, Jugendliche auf Fahrrädern, Frauen mit Säuglingen auf dem Arm, Männer in Holzpantoffeln. Die *Bashtova*, die an der Anlegestelle vor Anker lag, war im Nu voller Menschen. Zu Hunderten kletterten sie über die Laufgänge und die Festmacherleinen an Bord. Aber es waren zu viele. Obwohl mit vorgehaltener Pistole zum Ablegen gedrängt, weigerte sich der Kapitän, der Aufforderung nachzukommen, wenn nicht vorher wenigstens die Hälfte der Passagiere wieder von Bord ging, da andernfalls alle dem sicheren Untergang entgegensteuerten. Und so verließ Gezim das Schiff wieder.

Bald darauf warf die *Bashtova* die Leinen los und stach mit ihrer Ladung verzweifelter Glückseligkeit langsam in See, während es auf den Schiffen, die noch im Hafen lagen, zum Streit zwischen den Flüchtlingen und den Seeleuten kam, die nicht bereit waren, eine Überfahrt zu machen, nur damit ihnen bei ihrer Rückkehr in die Heimat wegen Beihilfe womöglich der Prozeß gemacht würde.

Gezim fand dann einen Platz auf der 23. *November*, dem Fischerboot, auf dem sein Freund Ermir arbeitete und dessen Name sich vom Gründungsdatum der »Kommunistischen Jugend Albaniens« ableitete, dem 23. November 1942. Ermir und seine Freunde setzten einen Plan in die Tat um, den sie schon seit geraumer Zeit ausgeheckt hatten. Zuerst machten sie den Kapitän betrunken und gaben ihm ein Schlafmittel ins letzte Glas Wein. Nach Einbruch der Nacht half Gezim den anderen, das Boot klarzumachen, die Taue aufzuschießen, Schotten und Luken dichtzumachen und die zwischen den Steinen der Mole eingeklemmte Eisenplanke freizubekommen. Schließlich ließen sie das Boot bei hohem Wellengang von der Strömung forttreiben, ohne Motor, so daß es leise auf dem Wasser glitt.

Unter Deck waren sie viele, mindestens zweihundert, es war gerade genügend Platz, damit die Frauen und die Kinder sich setzen konnten. Heiß war es dort unten, der Fischgestank, den die an einer Seite gestapelten Kisten verströmten, vermischte sich mit dem schweren Geruch der müden Körper, des Staubs, der sich auf ihnen abgelagert hatte, und des

Schweißes, den sie im Lauf dieses bangen Tages ausgeschieden hatten.

Als sie weit genug draußen waren, weckten sie den Kapitän, denn das Meer war unruhig, und bei einem so überladenen Boot mußte man die günstigen Strömungen kennen. Dieselben Hände, die ihm abends zu trinken gegeben hatten, weckten ihn nun barsch, zogen ihn am Kragen hoch und versetzten ihm Ohrfeigen. Das erste, was der Ärmste erkennen konnte, als er die Augen aufschlug, waren eine alte Pistole und ein Hackmesser. Die finsteren und entschlossenen Gesichter seiner Matrosen ließen ihn die Situation und was man von ihm wollte auch ohne viele Worte begreifen.

Fast vierundzwanzig Stunden lang blieben sie dicht gedrängt unter Deck, stehend und ohne zu essen. In Anbetracht der besonderen Fracht wählte der Kapitän einen ungewöhnlichen Kurs, der länger war, dafür aber die gefährlichsten Strömungen zu umschiffen erlaubte. Unten allerdings glaubten manche nicht daran und sagten, das sei nur ein Trick des Kapitäns, um die Matrosen hinters Licht zu führen und sie allesamt der albanischen Polizei auszuliefern.

»Italien! Italien wollte einfach nicht in Sicht kommen! Nachdem sich die Euphorie der Abfahrt gelegt hatte, hatten sich das Verlangen anzukommen, Müdigkeit und Angst der Gemüter bemächtigt. Und die Angst brauchte einen Feind, dem sie ins Gesicht blicken konnte.«

Als ob das nicht schon ausreichte, fiel zweimal plötzlich der Motor aus. Das erstemal in der Morgendämmerung, als sie in einen so dichten Nebel gehüllt waren, daß selbst das

Meer verschwunden und sein Rauschen erstorben schien. Das zweitemal passierte es nachmittags, und beinahe wäre es zu einer Tragödie gekommen. Die Kinder weinten schon seit Stunden vor Hunger und Kälte, die Erwachsenen waren erschöpft. Artan, ein Kleiderschrank von Kerl, der bis dahin schweigsam abseits gestanden hatte, sprang mit einemmal an Deck und kletterte wie ein Affe auf das Dach des Steuerhauses. Da aber am Horizont nichts zu sehen war, stürzte er wieder hinunter, ging mit einem Messer auf den Kapitän los und drohte, ihn umzubringen, wenn sie nicht innerhalb von zwei Stunden Italien erreichen würden. Drei Männer waren nötig, um den armen Kapitän aus dieser Klemme zu befreien. Dann sprang der Motor wieder an, und das Boot nahm erneut seine Fahrt auf.

Zwei Stunden später war zwar Italien immer noch nicht zu sehen, doch sie begegneten seinen ersten Vorboten. Zuerst waren es nur ein paar trockene Blätter, die vor den Augen Gezims, der an der Bugreling lehnte, langsam vorbeitrieben. Dann aber folgten in immer kürzerem Abstand Planken der Holzkisten, in denen die Fischer ihren Fang verstauen, Flaschen, ab und zu eine Plastiktüte, die langsam und aufgebläht wie eine Qualle vorüberschwamm, und schließlich die Möwen, Scharen von Möwen, die über einem Meer flogen, das gelb war von Sägemehl und Schiffsabfällen. Als Brindisi auftauchte, sah es so aus, als wollten die ersten künstlichen Lichter dem immer schwächer werdenden letzten Zucken des Tages zu Hilfe eilen.

»Ich hätte nicht gedacht, daß es so ausgehen würde. Wir hungerten danach, neue Menschen kennenzulernen, wir hätten zehn Jahre unseres Lebens gegeben, um ein paar Fremde zu uns ins Land zu locken. Wie es hinter den Grenzen aussah, wußten wir aus den Erzählungen der wenigen, die ausreisen durften. Mein Onkel war Lastwagenfahrer und fuhr ein paarmal nach Griechenland und in die Türkei. Bei seiner Rückkehr feierten wir zu Hause ein Fest, damit er uns von seinen Reisen erzählte. Wir kamen um vor Begierde, etwas Neues kennenzulernen. Was mich deshalb nach meiner Ankunft in Italien als erstes getroffen hat, war das Mißtrauen.«

NEULICH morgens beschlossen Gezim und ich, nicht arbeiten zu gehen, da wir nachmittags seine neuesten Bilder auf der Piazza Navona ausstellen mußten. Ich würde ihn selbstverständlich nicht begleiten, denn auf der Piazza Navona wimmelt es nur so vor Polizisten. Doch ich half Gezim gern dabei, alles vorzubereiten. Die Bilder mußten sorgfältig in Papier eingepackt werden, damit sie beim Transport im Bus nicht beschädigt wurden, und wir gingen die Dinge gerne ruhig an.

Gezim war kurz hinuntergegangen, um Klebeband zu kaufen, das er zum Einpacken benötigte, als auf einmal ein Mordslärm von der Straße heraufdrang. Ein wirres Getrampel wie von fliehenden Büffeln, ein langes und anhaltendes Geschrei, das sich anhörte wie das Gurgeln eines über die Ufer getretenen Flusses. Dann ein paarmal hysterisch kreischende Bremsen und, alles andere übertönend, eine metallisch scheppernde Megaphonstimme, die das Echo irgendeines nicht zu verstehenden Slogans zwischen den Mauern hin und her warf. Ich trat auf den Balkon, um nachzusehen, was da vor sich ging, konnte aber nicht feststellen, woher der Radau kam. Einmal oben von den Dachterrassen, dann wieder unten vom Asphalt, aus den verborgenen und undurchdringlichen Eingeweiden der Stadt. Schließlich folgte Motorengedröhn, und da kamen sie, die Büffel, schrecklich und zahm zugleich. Zu einem Demonstrationszug formierte Männer und Frauen, mit entschlossenem Schritt, Kinder an der Hand, bogen um eine Ecke und steuerten auf die Schule zu, die nicht weit von mir genau in der Mitte des Platzes stand. Sie rissen das Gittertor nieder und wurden von dem großen grüngestrichenen Portal eingesogen. Minuten später tauchten sie an den Fenstern wieder auf. Sie öffneten Türen und Fenster und begannen Bänke, Tafeln, Bücher, Landkarten, Kruzifixe und Stühle hinunterzuwerfen. Nichts blieb verschont. In weniger als einer halben Stunde war die Schule vom Keller bis zum Dach leergeräumt, bis auf die Grundmauern ausgeplündert. Sie stahlen alles. Scharenweise kamen sie mit vollen Händen heraus: Computer, Taschenrechner, Stereoanlagen, Fernseher, Videorecorder, Basketbälle, Wasserbälle, Bleistiftschachteln, Packen von Heften.

Eine aus den kräftigsten Männern gebildete Gruppe war unten im Hof geblieben, um jeden Versuch, dagegen einzuschreiten, im Keim zu ersticken. Sie waren außer sich vor Wut, brüllten Verwünschungen und Beleidigungen gegen jeden, der es wagte, sich über diese Verwüstungsorgie zu beschweren. Mit vor Zorn trockener Kehle erläuterte ein Mann über Megaphon den Grund für den Protest. Auslöser für die Raserei der braven Mütter und Väter war der Beschluß des Schulleiters, die Kinder der afrikanischen Einwanderer aufzunehmen. »Mein Sohn soll Schulkameraden haben, die besser sind als er und nicht schlechter!« krächzte der Mann ins Megaphon. Es war ein kleiner schmächtiger Typ, und es war unerklärlich, woher er soviel Stimme nahm. »Warum schicken sie die Afrikaner nicht in die Schulen der Reichen?« schrie er. »Laßt uns alle gemeinsam diese Ungerechtigkeit verhindern!« – »Schluß mit den Ausländern! Wir wollen sie nicht in unserem Viertel haben!«

Die Gorillas, die als Aufpasser eingeteilt waren, standen breitbeinig da, die Haare vom Regen angeklatscht, in Acrylkleidern, die durch die Feuchtigkeit ihre Form verloren hatten und schlaff am Körper hingen. Sie waren wild entschlossen, aufgebracht, und auch die Frauen schrien unablässig aus den Fenstern der Schule. Ein seltsamer Protest, eine Mischung aus Gejammere und Wut, aus Selbstmitleid und Gewalttätigkeit. »Der Staat soll unser Geld für Krankenhäuser ausgeben, nicht für die Neger!« Eine Frau weinte.

Gezims Freunde zu Hause waren durch die Demonstration beunruhigt, aber ich war noch beunruhigter als sie. Ich konnte mich unmöglich irren: Den Jungen, den ich da unten vor einem Polizisten gestikulieren sah, kannte ich gut. Es war derselbe, den ich häufig im Club getroffen hatte, derselbe, den wir beauftragt hatten, das Zigeunerlager zu überfallen. Er verhielt sich wie im Fußballstadion, hob rasch den Arm und formte die Hand halb zur Faust, halb zum römischen Gruß. Die Gesten begleitete er mit halberstickten Schreien und verzog dabei die Lippen zu einer starren Fratze, wie ein Fußballspieler, wenn er danebenschießt.

Wenn er da war, dann waren auch die anderen da. Aufgeschreckt lehnte ich mich über das Balkongeländer und suchte Gezim, um ihn auf die Gefahr aufmerksam zu machen, in der er schwebte. Doch er war nirgends zu sehen. Ein stechender Schmerz durchzuckte mich und nahm mir fast den Atem, krampfte meinen Magen zusammen. Ich mußte die Augen schließen, und in diesem Augenblick stand vor mir das Bild eines schrecklichen Traumes. Ich sah die Polizei über die zeternde Menge herfallen, auf die Schädel einschlagen und auf diese wutgeblähten Bäuche einprügeln. Ich sah, wie die blauen Uniformen Haarschöpfe packten und Gesichter über den nassen Asphalt schleiften, um die weinerlichen Masken auszulöschen, wie sie die zorngeschwellten Brüste durchbohrten, in die erregten Leiber traten. Dichtgedrängte Gesichter, Hintern und aufgeschlitzte Bäuche. Ich stand da und beobachtete das Massasker wie ein unbeteiligter Zuschauer, und gleichzeitig sah ich mich inmitten der rasenden Menge, brüllte ich mit den anderen. Eine fast flüsternde Stimme, ich weiß nicht, ob im Traum oder nicht, rüttelte mich plötzlich wach: » Das Volk zeigt sein wahres Gesicht. «

Ich kam zu mir und sah vor mir wieder die Mauer aus offenen Mündern, dort, hinter den Fenstern der Schule, aus denen immer noch Schreie drangen und Bänke geworfen wurden. Angeödet von diesem Schauspiel wollte ich eben in die Wohnung zurückgehen, als ein furchtbarer Schrei in meine Ohren stach: Man konnte es für hysterisches Lachen halten, aber irgendwie ahnte ich, daß sie hinter jemandem her waren. » Da ist er! Da ist er! Das ist ein Albaner, jagen wir ihn zum Teufel! Die wollen uns doch nur unsere Wohnungen und unsere Arbeit wegnehmen! Laßt sie uns alle miteinander zum Teufel jagen! «

Ich wußte, was sie wollten, denn bis vor ein paar Monaten wollten wir es noch gemeinsam. Angesichts der Gefahr, in der mein Freund schwebte, wurde mir schlagartig bewußt, was ich getan hatte. Wenn Gezim etwas passierte, war es auch meine Schuld, und das konnte ich nicht zulassen. Zu Tode erschrocken lief ich so, wie ich war, in Hosen und Unterhemd, auf die Straße hinunter, doch als ich am Hauseingang unten ankam, war schon keiner der Verfolger mehr da, und auch Gezim konnte ich nirgendwo entdecken. Ich fragte herum, aber niemand hatte etwas gesehen. Da kam mir eine Idee: Wenn Gezim weggerannt war, dann mit Sicherheit Richtung Eisenbahn, wo sich die Carabinieriwache befand. Ich nahm deshalb das bißchen Kraft, das ich im vergangenen Monat gesammelt hatte, zusammen und lief auf die Gleise zu.

Wie ich später erfuhr, hatte ich richtig vermutet. Leider war ich nicht zur rechten Zeit am rechten Ort. Tatsächlich war Gezim, kurz bevor er das Haustor erreicht hatte, überfallen worden. Sie hatten sich zu viert auf ihn gestürzt, und einer hatte ihn mit dem Messer im Gesicht verletzt. Ihre Wut war so groß, daß sie ihn ohne Skrupel abgestochen hätten, wenn nicht jemand gedroht hätte, die Polizei zu rufen. Daraufhin hatten zwei der Kerle den armen Gezim an den Füßen gepackt und in eine Gasse geschleift, wo sie ihn sich ungestört vornehmen konnten. Rückwärts gehend schlugen drei andere jeden, der näher zu kommen versuchte, mit Fäusten und Knüppeln. In der Gasse schleuderten sie den armen Jungen hinter einem geparkten Lieferwagen zu Boden, rissen ihm das Hemd vom Leib und malträtierten ihn mit Faustschlägen und Ohrfeigen, während ein anderer, der noch wilder war als die anderen, ihn mit Fußtritten bearbeitete. Durch einen dieser heftigen Tritte wurde Gezim ein Stück fortgestoßen, und mit der Kraft der Verzweiflung gelang es ihm zu entkommen. In der Hoffnung, in der Carabinieriwache Hilfe zu finden, rannte er Richtung Eisenbahn los. Aber sie setzten ihm nach und hatten ihn bald eingeholt, weil sie nicht wie er von den Schlägen benommen waren und weil ihnen die Wut Flügel verlieh. Sie bekamen ihn genau vor dem Zaun zu fassen, der den Feldweg von der Eisenbahn trennte. Der blinde Wille zu überleben, der manchmal törichter ist als die Mordlust, verleitete Gezim zu dem Versuch, über den Zaun zu springen. Er hatte das früher schon mehrmals mühelos geschafft, doch an jenem Tag fehlten ihm wegen der Schläge, die er schon hatte einstecken müssen, die Kräfte, und so riß er sich die Haut seiner Brust am Stacheldraht auf und blieb mit seinem Fleisch in dieser Falle hängen, verheddert wie ein Thunfisch im Netz. Ohne es zu wollen, hatte er sich selbst in eine Sackgasse manövriert, und nun konnten seine Peiniger ungestört ans Werk gehen, geschützt durch das Gebüsch, das am glühend heißen Rand der Schienen wuchs.

»Jetzt kannst du was erleben, du Stück Scheiße!« lachten sie ihm ins Gesicht. »Jetzt kannst du nicht mehr zu deiner Mamma laufen, weiß nämlich keiner wo sie ist, die alte Nutte!« Gezim wußte nicht, ob er sich still verhalten sollte, damit seine Wunden nicht so stark bluteten, oder ob er noch einmal versuchen sollte zu fliehen. Aber er hörte die Stimmen, die fortfuhren: »Von wo verdammt bist du? Wo läßt sich deine Scheiß Hurenmutter jetzt in den Arsch ficken, he? In Polen, in Albanien, oder wo?« – »Ich glaub fast, du bist halb schwul, alles so hübsch ordentlich und sauber bei dir. Verdammtes Pack, kommt hierher und schleppt nichts als Krankheiten ein und stinkt vor Hunger!«

Fast zärtlich holten sie ihn vom Zaun herunter, hoben ihn an den Achseln hoch und legten ihn ganz sacht auf den Boden, um ihm nicht weh zu tun, denn nur sie durften ihn fertigmachen, sie allein. Sie zogen ihm die zerrissene Hose aus, ließen ihn nackt neben den Schienen liegen, um ihn zu erniedrigen. Dann zog einer eine Feldflasche aus Metall aus seiner Jeansjacke hervor und goß den Inhalt über dem armen Gezim aus. Mein Freund roch das Benzin und erstarrte. Als sie seine Hände anzündeten, grunzten sie vor Befriedigung, dann überließen sie den schreienden und sich windenden Jungen sich selbst.

Während mein Freund gelyncht wurde, befand ich mich genau am falschen Ort. Wie man mir später erklärte, war ich, als die Verbrecher meinen Freund gepackt hatten und hinter dem Lieferwagen auf ihn einschlugen, schon an der Eisenbahn angelangt. Da ich dort aber niemanden fand, kehrte ich genau zu dem Zeitpunkt auf den Platz zurück, als Gezim sich in dem verzweifelten Versuch zu fliehen ins Gebüsch schlug. Blind vor Schrecken und weil ich nicht wußte, wo ich noch suchen sollte, lief ich schließlich kreuz und quer durch diese Menge aus Aufziehpuppen, die mir um so lebloser vorkamen, je mehr sie sich bewegten. Das intensive Licht, das über die Dächer der Häuser einfiel, und die Flammen, die von dem auf der Platzmitte entzündeten Scheiterhaufen aufstiegen, drängten sie in Gruppen zusammen. Es war die Hölle, überall nichts als Keuchen, Schreien, Fluchen und Ausspucken. Einige verschafften sich mit den Ellbogen Platz, um ihren provozierenden Tanz vor der Polizei aufzuführen, die aufmarschiert war, aber nicht eingriff. Andere trafen mit neuem Brennmaterial ein, Bänken, Kathedern, Holzpodesten, Büchern, und nachdem sie sich mit Geschrei und Drohungen den Weg gebahnt hatten, warfen sie ihre Beute unter hysterischem Gelächter auf den brennenden Haufen. Die Flammen schlugen höher und höher, Funken sprühten, und ich wußte nicht mehr genau, ob die Schreie mich umkreisten und erdrückten, oder ob sie aus mir selbst auf diesen Höllenplatz herausbrachen.

Auf einmal spürte ich einen Schlag auf den Kopf, von hinten legte sich ein Arm um meinen Hals, und ich fiel zu Boden. Ich konnte nichts mehr sehen, wurde jedoch nicht ohnmächtig. Deutlich hörte ich eine Stimme, die jemandem zurief, er solle sich beeilen, schnell herkommen. Im selben Augenblick schloß sich etwas Metallisches um meine Handgelenke, und mir war, als hörte ich über mir Danieles kaltes Lachen. Als schließlich wieder Licht in meine Augen drang, sah ich als erstes dieses Gesicht, das sich bleich vor Schreck zurückzog und das ich nie mehr werde vergessen können. Es war dasselbe, das ich eine Stunde zuvor einen Augenblick lang gesehen hatte, als es auf den für mich unsichtbaren Winkel der Gasse zulief, wo

Gezim liegen mußte, und in dem ich plötzlich Giorgio wiedererkannte, Danieles Freund, den ich vor einem Jahr auf den Versammlungen des Komitees kennengelernt hatte. Daniele stand inmitten der anderen und sah mich triumphierend an. Ich flehte den Polizisten an, er solle meinen Freund suchen, doch als ich aufzustehen versuchte, war es, als ob ein scharfer Hund sich in meinem Nacken verbiß, und ich fiel wieder hin.

Gott sei Dank haben sie mich verhaftet, und so endete meine klägliche Odyssee. Mein Bitten war jedoch nicht vergeblich gewesen, denn der Polizist hatte mich seinen Kollegen anvertraut und sich auf die Suche nach Gezim gemacht. Sie fanden ihn kurze Zeit später. Er hatte sich auf dem Boden hin und her gewälzt, und dadurch war es ihm gelungen, die Flammen zu löschen, die ihn zu verbrennen drohten. Sie brachten ihn ins Krankenhaus San Camillo. Das Leben haben sie ihm gerettet, nicht aber seine Hände, die in gewissem Sinn sein Leben waren.

Heute habe ich im Gefängnis einen Brief bekommen, auf dem ich eine Frauenhandschrift erkannte:

Lieber Paolo, bis auf weiteres diktiere ich meine Briefe. Ich hoffe, daß ich eines Tages auch meine Bilder diktieren kann. Heute abend fahre ich von Brindisi ab, sie haben mir den Abschiebungsbescheid ausgehändigt, ich kehre nach Hause zurück. Sie haben gewonnen, und alles in allem finde ich das gar nicht so schlimm. Die Freiheit hat ihre Vorteile, verbirgt aber auch einen ganz schönen Schwindel. Ich wäre gern gekommen, um mich von dir zu verabschieden, aber in mei-

ner Situation wäre das etwas schwierig gewesen. Ich schicke dir meine Umarmung. Mag auch etwas daran fehlen, stell sie dir so fest wie möglich vor. Wünschen wir uns also gegenseitig viel Glück, auch wenn ich nicht glaube, daß einer von uns jemals etwas damit anfangen kann. Herzlichst, lieber Freund

Gezim

DRITTER TEIL

LIEBER DAVIDE,

sag Opa, er soll dir aus dem Koffer unter dem Bett das Fort Apache mit all den Soldaten holen. Ein paar davon sind wirklich schön. Ich weiß, einige sind aus Plastik und einfarbig, aber dafür gibt es auch welche aus Eisen, die die blaue Uniform der Nordstaatler und ein gelbes Halstuch anhaben. Ich empfehle dir, draußen auf dem Balkon zu spielen, da kannst du die Indianer in Omas Geranien verstecken und einen schönen Überfall organisieren. Folge meinem Rat, mir hat das früher unheimlich viel Spaß gemacht.

Außerdem empfehle ich dir, daß du im Laden an der Ecke amerikanische Kaugummis kaufst. Nicht die Brooklyn, sondern die viereckigen, dicken. Sie sind ziemlich süß, und am Anfang tun sie ein bißchen an den Zähnen weh, aber nach einer Weile werden sie gut, und du kannst damit Blasen machen, die größer sind als dein Kopf. Du mußt sie ganz langsam aufblasen, und auf einmal siehst du dann die ganze Welt durch das Kaugummi, die Häuser, die Straßen, die Fenster, die Hunde und die Menschen, alles ganz rosa, wie gemalt. Das ist schön, glaub mir.

Bitte ärgere Oma und Opa nicht. Paß auf, wenn Opa nach unten guckt: dann wird er nämlich wütend, ich kenne das. Wenn du siehst, daß er den Blick senkt, dann gibst du besser nach und verzichtest auf deine Forderungen, denn höchstens eine halbe Stunde später ist er wieder ganz für dich da und macht alles, was du willst. Aber wenn er dich bittet, etwas zu tun, und dabei lächelt, mach es einfach. Dann hat er nämlich lange über die Sache nachgedacht, und es ist besser zu gehorchen, weil er nie falsch liegt. Bei Oma dagegen brauchst du dir keine Gedanken zu machen, sie ist sehr lieb und glaubt alles, was du ihr sagst. Du mußt bei ihr aber unbedingt darauf achten, daß sie sich die Fingernägel schneidet, bevor sie dir die Haare wäscht. Du hast bestimmt schon selber gemerkt, daß es für sie beim Waschen keine große Rolle spielt, ob sie es mit deinem Kopf oder mit einer soßeverkrusteten Schüssel zu tun hat. Sie scheuert und kratzt ohne Unterschied und mit der ganzen Kraft ihrer Hände und Arme, weil sie es nämlich immer eilig hat. Achte immer darauf, daß sie in diesen Fällen die Gummihandschuhe anzieht, denn sonst, das sage ich dir, wirst du eine schlimme Viertelstunde erleben.

Dein Papa ist ganz schön mager geworden, weißt du das? Wenn ich wieder nach Hause komme, wirst du mich nicht mehr wegen meinem Bauch aufziehen können. Bei meiner neuen Arbeit muß ich viel laufen, und ich finde nicht immer die Zeit zum Essen. Eine halbe Portion bin ich geworden, du wirst sehen! Aber glaub bloß nicht, daß du jetzt beim Armdrücken gewinnst, ich bin nach wie vor der Stärkere.

Denk jeden Abend an mich und sieh unbedingt nach, ob Amico keine Zecken hat. Ich komme, sobald ich kann, und dann gehen wir zusammen auf eine Reise um die Welt.

Ich hab dich sehr lieb

Papa

LIEBER PAOLO,

wenn ich darüber nachdenke, bist du wahrscheinlich der einzige liebe Mensch, der mir geblieben ist. Das kommt dir vielleicht paradox vor, aber es ist so. Was Daniele und seine Freunde dir und deinem Freund angetan haben, war der letzte Akt einer jämmerlichen Komödie, an der ich allein schuld bin. Ich habe ihn nie geliebt, und du hast das immer gewußt. Ich weiß nicht, wann das passiert ist, aber irgendwann muß ich seine Vulgarität mit so etwas wie Originalität oder sogar mit Heldentum verwechselt haben. Seine Haut, die immer ein bißchen schmutzig ist, hat mich angezogen, genauso wie sein schlechter Mundgeruch und die Art, wie Daniele immer ein wenig schleppend geht. Es war im Grunde nichts als Mittelmäßigkeit und Stumpfheit, aber damals sah ich Zeichen, die es gar nicht gab, und ich habe Gleichgültigkeit mit Weisheit verwechselt (in seiner Nähe fühlte ich mich sogar sicher!), die Unsauberkeit war für mich ein Ausdruck von persönlichem Stil. Kann man dümmer sein als ich? So weit war ich gekommen, und daraus kannst du ersehen, in welchem Zustand ich mich befand. Ich habe ihn am Tag nach deiner Verhaftung verlassen (der erste mutige Schritt in meinem Leben!), und er schrie mich mit seiner weinseligen belegten Stimme an, und dann hat er mich wieder mal geschlagen. Aber zum letztenmal.

Ich weiß nicht, ob wir uns je wiedersehen, aber ich wollte dir auf jeden Fall mitteilen, daß ich nicht mehr auf der anderen Seite der Barrikade stehe. Obwohl ich nichts dagegen tun kann, wenn dir das alles gleichgültig ist, hoffe ich wenigstens, daß du mich nicht länger für deine Feindin hältst.

Ich muß wieder ganz von vorn anfangen. Mit meiner Mutter komme ich nicht aus. Zwischen uns kracht es inzwischen schon beim kleinsten Anlaß. Für mein und ihr Wohlbefinden ist es wichtig, daß ein ausreichender Sicherheitsabstand zwischen uns liegt. Ich habe in Trullo eine Wohnung gefunden, wo ich schon seit zwei Tagen wohne. Auch habe ich eine neue Arbeit bei einer Reinigungsfirma gefunden. Ich stehe morgens früh auf, und um sieben bin ich schon bei der Arbeit. Mehr erwarte ich nicht, und ich verlange auch nichts. Ich wünsche dir alles Gute und hoffe, daß du so bald wie möglich aus dieser Geschichte herauskommst. Ich bin überzeugt, daß du keinerlei Verantwortung an dem Geschehenen trägst. Viel Glück

Silvana

DAS Demütigendste an einem Verhör durch Anwälte und Richter besteht darin, daß man der krankhaften Neugier der anderen ausgeliefert ist. Wenn du wehrlos im Käfig sitzt, meint jeder, er habe das Recht, jeden Winkel deines Lebens zu erforschen und dir Fragen zu stellen, die mit dem Verbrechen an sich rein gar nichts zu tun haben. Zur Begründung führen sie die Notwendigkeit an, sich »ein möglichst umfassendes psychologisches Bild vom Angeklagten« zu verschaffen. Blödsinn. Die Wahrheit ist, daß derjenige, der vor Gericht steht, in einer unterlegenen Position ist und niemand ihn zu fürchten braucht. Das ist das Schlimmste. Er ist notgedrungen ausgeliefert. Und niemand, dem sein Mitmensch in die Hände fällt, widersteht der Versuchung, ihn ein bißchen zu quälen.

Vor ein paar Tagen habe ich meinem Verteidiger das Mandat entzogen. Er kapiert nichts. Er kam in meine Zelle, klappte seinen Aktenkoffer auf und fing an, mir dieselben Fragen zu stellen, die nun schon ich weiß nicht wie oft an mich gerichtet worden sind, sei es von ihm oder vom Untersuchungsrichter. Er hat sich vor allem auf die Empfehlung versteift, die Nacht mit Nena geheimzuhalten, obwohl ich

Palmieri schon am ersten Tag davon erzählt und dieser dem nicht die geringste Bedeutung beigemessen hatte. Aber er kam ständig auf dieses Thema zurück. Er sagte: »Wie haben Sie das nur fertiggebracht, zu einer Prostituierten zu gehen, nachdem Sie Ihre Frau ermordet haben?« Wenn ich es fertiggebracht habe, antwortete ich ihm, dann ist es offensichtlich möglich, also brauchte er sich gar nicht so aufzuregen. Bereuen Sie es denn nicht? Nein. Wenn das im Prozeß herauskommt, könnte es Sie sehr teuer zu stehen kommen, ist Ihnen das bewußt? Ist mir egal, gab ich zurück. Ich habe aufgehört davonzulaufen. Haben Sie Ihre Frau denn geliebt? Das geht nur uns etwas an, besser gesagt: inzwischen nur noch mich. Daraufhin ging er stinksauer weg. Ganz anders verlief das Verhör durch Palmieri. Ich habe sofort alles gestanden. Ich berichtete von dem Streit auf dem Boot, von dem zu festen Schlag, der mir aus der Hand rutschte, und wie Laura mit dem Nacken gegen die Kante der Anrichte fiel. Ich fügte allerdings hinzu, daß ich keine Ahnung habe, wie Laura von der Kabine, wo ich sie liegengelassen hatte, auf Deck gekommen war; ebensowenig, wieso sie den Mantel hatte anhaben können, den ich – daran erinnerte ich mich sehr deutlich – beim Hinausgehen auf einem Stuhl gesehen hatte. Ich erzählte auch von meinem Einfall, Lauras Uhr zu zerschlagen und die Zeiger vorzustellen, aber da fing Palmieri an zu lachen. Was das angehe, antwortete er mir, sei keine Klärung meinerseits nötig, denn dieser Trick komme im Fernsehen bei Perry Mason oder Inspektor Colombo hundertfach vor. Dann sollte ich eine Beschreibung von Nena geben, er notierte sich den Ort, wo man sie antreffen konnte, nahm die Adresse der Bar auf, wo ich mich betrunken hatte, nachdem ich das Boot verlassen hatte, und entließ mich dann. Ich machte den Untersuchungsrichter darauf aufmerksam, daß ich diese Angaben bereits bei den ersten Verhören in den Tagen nach Lauras Tod gemacht hatte. Aber er, weiß der Himmel warum, fing wieder an zu lachen.

Trotz der Befürchtungen meines Anwalts war Nena mein Glück. Gestern kam Palmieri zu mir in die Zelle und wedelte mit dem Entlassungsschein vor meiner Nase. »Du hast deine Frau nicht ermordet!« sagte er triumphierend. »Ich habe keine Veranlassung mehr, dich länger hier drin zu behalten.«

Zunächst begriff ich gar nicht, worum es ging, ich war vollkommen verwirrt. Palmieri setzte sich aufs Bett und erklärte: »Wir haben sämtliche Zeiten überprüft, die du uns genannt hast. Zuerst haben wir mit dem Barmann gesprochen, der sich anfangs nicht so recht an dich erinnerte. Aufgrund der Einzelheiten, die du uns geliefert hast, konnte er schließlich aber doch deine Anwesenheit in der Bar an dem Abend bezeugen, als deine Frau gestorben ist. Er erinnert sich an dich, weil du – wie er sagt – so verzweifelt ausgesehen hast und weil du nicht weniger als acht oder neun Bier getrunken hast. Ich habe den entsprechenden Ausdruck der Registrierkasse überprüft, und die Uhrzeit paßt perfekt. Dann haben wir Nena ausfindig gemacht, und auch sie hat bestätigt, was du erzählt hast ...«

»In Ordnung, aber all das beweist nichts. Laura ist vorher gestorben.«

Er legte mir eine Hand auf die Schulter, und ich sah, daß er sich wirklich für mich freute: »Laura ist nicht vorher gestorben. Du warst in der Bar von neun bis zehn nach zehn, der Kassenbon trägt den Aufdruck zweiundzwanzig Uhr acht. Nena hat bestätigt, daß sie von kurz vor elf bis halb drei mit dir zusammengewesen ist. Dem Autopsiebericht zufolge ist deine Frau aber nicht vor halb zwölf und nicht nach ein Uhr nachts gestorben. Deshalb kannst du es nicht gewesen sein.«

Ich wußte nicht, ob ich mich freuen sollte oder nicht. »Da ist noch etwas anderes, das ich dir nicht erzählt habe«, fügte Palmieri hinzu. »Deine Frau starb nicht durch einen Schlag ins Genick, dadurch ist sie nur ohnmächtig geworden, sie starb durch einen Schlag gegen die Stirn. Dich trifft praktisch kein Verschulden, es gibt keinen Grund, dich hierzubehalten.«

So wurde ich also freigelassen. Drei Stunden, nachdem ich mich von Palmieri verabschiedet hatte, war ich schon im Haus meiner Eltern, umarmte sie, schlang meine Arme um den zarten Hals meines Sohns und auch um den struppigen und ein bißchen stinkenden Hals von Amico. Angesichts der feuchtglänzenden Augen meines Vaters sagte ich: »Es reicht, Papa. Von heute an keine Trennungen mehr, ich schwör's dir.«

Verärgert darüber, daß ich seine Rührung bemerkt hatte, sah er mir fest in die Augen: »Es geht nicht um Trennungen. Das Leben ist nun mal so, ein endloses Geflecht von Trennungen. Der eine macht diese Arbeit und der andere jene, der eine hat diesen Charakter, der andere jenen. Trennungen sind unvermeidlich, wirklich weh tun sie nie. Es sind eher die erzwungenen Vereinigungen, die uns leiden lassen, die alles kaputt machen. Die Unterschiede verdrängen oder, schlimmer noch, sie nicht wahrnehmen, das tun nur Feiglinge, und früher oder später muß man dafür bezahlen. Was passiert ist, ist allein meine Schuld, Paolo. Ich habe die Unterschiede nicht wahrhaben wollen, deshalb habe ich dich nicht gewarnt. Aus Angst. Du warst so glücklich wie nie zuvor … Ich habe etwas falsch gemacht. Ich war kein Vater für dich, das war mein Fehler. Du konntest die Dinge damals nicht sehen, das wäre meine Aufgabe gewesen. Ich bin ungebildet, ich habe mich mein Lebtag nur mit Rindervierteln beschäftigt, aber ich glaube, daß ich wenigstens das richtig gemacht habe. Und ich hoffe, daß ich diesen Fehler nicht noch einmal mache.«

Er zog die grobe Kordjacke über, die er bei den schweren Gartenarbeiten trägt, und ging allein ans Meer, mit gesenktem Kopf. Ich folgte ihm nicht, ich blieb stehen, um zuzusehen, wie sein Husten sich als feuchter Fleck auf der Glastür niederschlug, bis er ganz verschwunden war, als ob er nie dort gewesen wäre.

WER es wagt, schlecht über das »Einerlei des Familienlebens« zu reden oder über die »öde Alltagsroutine« zu jammern, der bekommt es von heute an mit mir zu tun. All dem habe ich es nämlich zu verdanken, daß ich innerhalb einer Woche die schrecklichen Dinge, die mir zugestoßen sind, vergessen und wieder zu leben begonnen habe: Ich verdanke es dem strengen Zeitplan im Haus meiner Eltern (Frühstück um sieben, Mittagessen um eins, Abendessen um acht), den Gartenarbeiten, zu denen mich mein Vater nötigt (es gibt immer etwas zu tun, wie beim Bau der Peterskirche: eine Pumpe muß gerichtet oder ein Zaun geflickt werden) und den Beschäftigungen, die meine Mutter mir aufhalst, »damit du nicht auf dumme Gedanken kommst«, wie sie sagt. So muß ich sie jeden Morgen auf den Markt begleiten, und nachmittags zwingt sie mich, still auf einem Stuhl zu sitzen und meinem Sohn Lesen und Schreiben beizubringen, und zwar, wie meine Mutter aus unerfindlichen Gründen beschlossen hat, noch bevor er in die Schule kommt. Jeder Tag ist wie ein Blatt Papier, das schon von jemand anderem beschrieben worden ist: Ich muß nichts weiter tun, als es zu numerieren und in eine Schublade zu legen. Welch ein Frieden.

Ich habe meine alte Arbeit im Schlachthof sofort wiederaufgenommen, und niemand, wirklich niemand, kann sich die Freude vorstellen, mit der ich mich am ersten Morgen wieder in der verrauchten Bar präsentierte, wo die alten Freunde noch genau so dastanden, wie ich sie vor so vielen Jahren verlassen hatte, und über dieselben Witze lachten. Wären es nicht ein paar Bäuche mehr und ein paar Haare weniger geworden, hätte man sagen können, dort in der Bar sei die Zeit stehengeblieben, um abzuwarten, bis Laura und ich unsere pathetische Komödie zu Ende gespielt haben. Wie bei einem guten Film, der unterbrochen wird, um den abgeschmacktesten aller Werbespots laufen zu lassen.

Nur selten denke ich an das, was ich durchgemacht habe. Selten, dafür regelmäßig. Es ist ein Gedanke, der sich im Bodensatz eines Kaffees oder, vermischt mit den letzten Bartstoppeln, unter den letzten Spritzern einer Dusche langsam formt und von mir Besitz ergreift. Ich lasse ihn gewähren und warte darauf, daß er von selbst verschwindet – wie ein Schnupfen, denn es ist eine heftige, wenn auch vage Beklemmung, die aus Gefühlen und nicht aus Vorstellungen gemacht und daher schwer zu bezähmen ist. Ich habe nach wie vor den Eindruck, daß etwas nicht paßt, aber ich begreife nicht, was. Ich bin sicher, daß Italo, Luana und Ida etwas verheimlichen, und womöglich auch Silvana. Aber das habe ich schon immer gewußt und gedacht. Diesmal habe ich jedoch das deutliche Gefühl, daß etwas *Konkretes* nicht stimmt. Keine Stimmung, kein Blick oder Schweigen, sondern ein Gegenstand, der nicht an seinem Platz ist, den ich gesehen und in der großen Rumpelkammer meines Bewußtseins aufbewahrt habe, in der ich mich nicht zurechtfinde. Immer wieder sehe ich vor mir den im Flur aufgehängten Rahmen mit den Fotografien, dann Laura in der Kabine auf dem Boot und dann noch meine Frau im Leichenschauhaus. Immer in genau derselben Reihenfolge, ohne daß ich etwas daran verändern könnte. Und jedesmal gebe ich es irgendwann auf und denke an etwas anderes.

SONNTAG morgens erwacht der Stadtteil Trullo nie richtig. Er bleibt immer ein bißchen verschlafen, lustlos. Macht die Augen auf und dreht sich noch einmal auf die andere Seite, den Kopf unterm Kissen vergraben, läßt den Wind über die Bürgersteige vor den leeren Rolläden fegen und eimerweise Licht über die Dächer der dicht an dicht geparkten Autos ausschütten.

Ich spazierte ein bißchen durch das Viertel, kickte die Dosen und die Flaschen und die Papierabfälle weg, die in der Nacht ein Grüppchen Jugendlicher hinterlassen hatte, und ging die Steigung hinauf, an deren Ende sich das Haus befindet, in dem Silvana wohnt. In letzter Zeit hat sie mich öfter angerufen. Also habe ich heute morgen beschlossen, ihr in ihrer neuen Wohnung einen Überraschungsbesuch abzustatten.

Den Jackenkragen hochgeschlagen, die Hände in den Taschen meiner Jeans, bog ich in den Weg ein, der bergauf führte. Vor mir eine schwarzrote Kasbah, Mauern, aufgetürmt aus schwarz gewordenen Ziegeln, die hier und da zerbrochen sind, zertreten von den Schuhen der Kinder, die hinaufkletterten, um auf die andere Seite zu gelangen. Jenseits der Mauern steht eine alte Fabrik mit eingeschlagenen Fensterscheiben, wo man bestimmt hervorragend Krieg spielen oder heimlich Zigaretten rauchen kann. Auf halber Höhe bog ich in eine nichtasphaltierte Gasse ein und stapfte durch die dünne Schlammschicht, die der Wind zu winzigen braunen Wellen gekräuselt hatte. Zu beiden Seiten reihten sich kleine Gemüsegärten aneinander. Neben zwei von Gras überwucherten, mittlerweile verrosteten Gleisen lagen aufgehäuft Schwellen, Signale und Weichen, die abmontiert und liegengelassen worden waren.

Nummer 589 befand sich am Ende des Wegs, ein einzeln stehendes Haus inmitten endlosen Gestrüpps. Das Maschengeflecht des Gartenzauns vor dem Eingang hatte sich aufgelöst, man hatte versucht, den Zaun mit dem Drahtgestell eines Betts zu flicken, aber das war inzwischen auch schon fast verrottet. Ich klingelte, und aus dem Augenwinkel sah ich, daß sich hinter einem Fenster die Vorhänge bewegten. Ich wartete eine Weile, da aber keiner aufmachte, klingelte ich noch einmal. Silvana erschien an der Tür, eine Hand am Ärmel, die andere an der Seite baumelnd. Ihr Gesicht war aufgedunsen, die Haare unordentlich. Sie hat in beängstigender Weise zugenommen, und der zu enge Wollanzug, den sie anhatte, ließ sie noch fetter aussehen. Wir sahen uns an, aber vor Überraschung brachte ich nichts Sinnvolles heraus.

»Ich bin nie eine Traumfrau gewesen«, begann sie, blieb dabei aber reglos auf der Schwelle stehen. »Ich habe nur beschlossen, mich nicht mehr zu verstecken, das ist alles ...«

Ihre Stimme ist jetzt heiser, aber wenigstens das steht ihr.

Es verleiht ihr etwas Dynamisches, den Reiz des Verlebten. »Also«, lachte sie, »bist du den weiten Weg hierher gekommen, nur um nichts zu sagen?«

Ich gab mir einen Ruck: »Ich bin gekommen, um mich für deine guten Wünsche zu bedanken. Und um dir ein paar Gebrauchsanweisungen für das Alleinsein zu geben, wenn du willst. In letzter Zeit habe ich darin eine gewisse Kompetenz erworben.«

In der Wohnung sah es aus wie in einem Campingzelt, man erahnte die Absicht, jedem Ding seinen Platz zu geben, und zugleich die fehlende Geduld, diese Ordnung einzuhalten. Auf der Platte der Anrichte, die ein wenig im Halbschatten lag, weil das Licht der Hängelampe nicht bis dorthin kam, lag ein Haufen Küchenutensilien, neben der Schublade, in die sie eigentlich gehörten. Eine Schranktür stand offen und gab den Blick auf ein Fach voller achtlos hineingeworfener Pullover frei, und der Küchentisch war eine Zweigstelle der Spüle geworden, wo die schmutzigen Teller und die Tassen mit den Zuckerkrusten abgestellt wurden, die nicht mehr ins Spülbecken paßten. Ich setzte mich auf eine Klappliege gegenüber dem Gasofen, dessen rötliches Licht das verblaßte Blau der Steppdecke ein wenig belebte. Zwischen den Falten der Decke sah das völlig zerfledderte Exemplar eines Rätselhefts hervor.

»Eine Meisterleistung«, sagte ich, um die Verlegenheit zwischen uns zu durchbrechen. »Auf einen Schlag hast du dich von Ehemann und Verwandten befreit – der eine feindselig, die anderen zum Ausgleich allzu zudringlich.«

»Schade nur, daß es so lange gedauert hat, bis ich dazu

imstande war. Aber das ist meine Schuld ...« Silvana setzte sich mir gegenüber auf den Boden. Sie strich sich eine Haarsträhne zurück, die ihr über die Augen fiel, und fuhr fort: »Und wie geht es deinem albanischen Freund? Hast du etwas von ihm gehört?«

»Nein, er hat mir einen Brief geschrieben, als ich im Gefängnis saß. Seitdem habe ich nichts mehr von ihm gehört. Ich schätze, er ist nach Albanien zurückgekehrt. Aber ich mache mir eigentlich keine Sorgen um ihn. Wie, weiß ich zwar nicht, aber irgendwie kommt Gezim schon zurecht. Bestimmt kommt er sogar gut zurecht. Er ist nicht wie wir. Er weiß, wie man die Dinge richtig anpackt.«

»Schade, daß er nicht die Chance hatte, dieses Schwein Daniele und seine Freunde richtig anzupacken ...«

»Und du?« fragte ich. Noch während ich sprach, zog ein Mantel, den ich im offenen Kleiderschrank hängen sah, meine ganze Aufmerksamkeit auf sich. Die Farbe und der Schnitt des Ärmels, der zwischen den anderen Kleidern hervorlugte, erinnerten mich an Lauras Mantel. »Bist du wirklich allein? Hast du niemanden?«

Sie lächelte. »Nachdem ich mein Leben unter Fremden zugebracht habe, fühle ich mich jetzt, da ich allein bin, wie ein Tier, das aus dem Käfig entflohen ist. Ich genieße es, genau das Gegenteil von dem zu machen, was ich früher gemacht habe.«

»Und deine Mutter? Was du mir geschrieben hast, hat mich sehr erstaunt. Ich dachte immer, ihr würdet euch gut verstehen ...«

»Gut verstehen?!« Sie ließ sich nach hinten fallen und

tat belustigt. Durch die Bewegung rutschte ihr Pullover hoch, so daß man die Fettringe an ihrem Bauch sah. Aber so, wie sie jetzt war, schlampig und voll Verlangen, in sich eine Reinheit wiederzufinden, fand ich sie begehrenswerter als damals, als sie Danieles enthemmte Ehefrau spielte und sich Samstag nachts Orgien genehmigte. »Du hast keine Vorstellung davon, wer meine Mutter ist, welchem Wahnsinn sie verfallen ist. Ich habe mit ihr abgeschlossen, ich will sie nicht mehr wiedersehen, und vielleicht erleichtert mich das noch mehr als die Trennung von Daniele. Ich habe zum Glück auch keinen Anlaß für Schuldgefühle, denn ich weiß mit absoluter Sicherheit, daß ich ihr absolut scheißegal bin.«

»Tatsächlich?«

»Es bringt nichts, länger darüber zu reden, es ist zu kompliziert. Was immer ich dir auch sagen würde, du würdest denken, daß ich blind vor Eifersucht bin. Obwohl das nicht im geringsten der Wahrheit entspricht. Ich und Laura, wir waren nie zwei Schwestern, die sehr aneinander hingen, meistens haben wir uns ignoriert. Doch jetzt weiß ich, daß es einen Menschen gab, auf den ich immer zählen konnte, und das war deine Frau. Ich denke, daß sie mir gegenüber dasselbe empfunden hat.«

Der Mantel hatte inzwischen meine ganze Aufmerksamkeit auf sich gezogen. Er war identisch mit Lauras Mantel, derselbe, den ich auf dem Boot gesehen hatte, derselbe, den mir der Untersuchungsrichter gezeigt hatte, als ich zur Identifizierung ins Leichenschauhaus gekommen war. Schließlich rang ich mich durch und fragte sie danach: »Der beige

Mantel, der da aus dem Kleiderschrank hervorschaut, ist genau derselbe wie der von Laura.«

»Ach ja?« entgegnete sie. »Gut möglich. Weißt du nicht, daß deine Frau und meine Mutter ihre Kleidung immer im Doppelpack gekauft haben? Der hier gehörte meiner Mutter, sie hat ihn mir gegeben, als ich fortging. Ich betrachte ihn als eine Art Abfindung dafür, daß ich sie nicht länger belästigte ...«

Wir gingen in die Küche, ich setzte mich an den kleinen Tisch, während Silvana geschäftig herumzuwerkeln begann, den Küchenschrank auf- und wieder zumachte und Espressotassen spülte, um ein bißchen Platz zu schaffen. Trotz ihrer Erklärung ging mir dieser Mantel einfach nicht aus dem Sinn. Da war etwas, das ich einfach nicht scharf einstellen konnte und das mir keine Ruhe ließ. Wie eine lästige Fliege kehrte es immer wieder ins Zentrum meiner Gedanken zurück, ohne daß ich imstande gewesen wäre zu begreifen, was genau es war.

Nachdem Silvana Tassen abgetrocknet und die Espressomaschine auf den Herd gestellt hatte, setzte sie sich mit aufgestützten Ellbogen mir gegenüber, keine zwanzig Zentimeter von meinem Gesicht entfernt.

»Ich hatte von Anfang an den Verdacht, daß deine Mutter viel mehr über Lauras Tod weiß, als sie zugibt«, sagte ich. Silvana sah mich unverwandt an, ohne etwas zu erwidern, dann bot das Brodeln des Kaffees eine gute Ausrede dafür aufzustehen. Sie goß ihn ein und bot an, ein wenig Anislikör hineinzutun. Ich hielt meine Tasse zu. »Denk dran, ich vergesse meine Frage nicht. Ich warte auf eine Antwort.«

Sie verzog den Mund zu einem Lachen, bei dem ich unentschieden war, ob ich es sarkastisch oder resigniert finden sollte. »Bist du sicher, daß du keinen willst?«

»Nein. Ich will keinen. Ich will eine Antwort von dir.«

»Dann hör mir gut zu«, sagte sie endlich, wobei sie die Tasse fast auf den Tisch knallte. »Ich weiß nicht und habe auch mein Leben lang nicht gewußt, was meine Mutter denkt. Ich weiß es nicht, kapiert? Ich weiß es einfach nicht.«

Sie weinte. Es war kaum zu glauben, aber auf einmal schossen Tränen in Strömen hervor. »Begreifst du das, genau das ist meine Tragödie. Du hast seit sechs oder sieben Monaten das Gefühl, daß meine Mutter etwas verheimlicht, aber ich habe es, seit ich auf der Welt bin.«

Sie stand auf und begann die Tassen abzuwaschen, aus denen wir gerade erst den Kaffee getrunken hatten. Angesichts ihrer Reaktion beschloß ich, nicht weiterzubohren, doch sie selbst nahm das Gespräch wieder auf. »Vor sechs Jahren, als Laura in die USA fuhr, beschloß ich, nach Hause zu meiner Mutter zurückzukehren. Ich war nach Papas Tod weggegangen. Er war der einzige Mensch in meinem ganzen Leben, mit dem ich reden konnte. Nachdem er gestorben war, fühlte ich mich fehl am Platz, ich war ein Fremdkörper zu Hause. Und in der Tat sagte meine Mutter nicht ein Wort, um mich am Fortgehen zu hindern. Ich habe sie noch genau vor Augen, wie sie aussah, als ich ihr sagte, daß ich fortgehen würde. Sie war im Bad und stopfte Wäsche in die Maschine. Mit den Koffern in den Händen ging ich zu ihr, um mich zu verabschieden. Sie hielt ein Bettuch in der Hand und zögerte einen Augenblick, aber dann machte sie mit gesenktem Kopf weiter. ›Ciao.‹ Das war alles. Sie blickte nicht einmal auf.

Ein paar Monate lebte ich allein. Bei einer alten Dame mietete ich mir ein Zimmer und machte Gelegenheitsjobs. Ich war Kellnerin in einer Trattoria, dann Babysitterin bei einem Journalisten, ich arbeitete als Verkäuferin in einer Metzgerei. Als Laura kam, um sich zu verabschieden, bevor sie fuhr, bat sie mich, nach Hause zurückzukehren. Ich dachte, daß hinter ihrer Bitte der Wunsch meiner Mutter steckte, du kannst dir also vorstellen, wie glücklich und eilig ich meine Koffer packte.

Alles ging gut, bis Laura abreiste. Doch dann begann für mich die Hölle. Nach Manuels Tod wurde die Beziehung zwischen meiner und Italos Familie abgebrochen, den Grund dafür habe ich nie herausfinden können ...«

Ich unterbrach sie: »Den Grund kann ich dir nennen, das gehört nämlich zu den wenigen Ergebnissen meiner eigenen Recherchen, die, wie du gleich sehen wirst, durchaus nicht zu verachten sind. Was weißt du über Manuels Tod?«

»Nichts. Ich habe dir ja gesagt, daß ich zu der Zeit nicht bei meiner Mutter gelebt habe. Ich erfuhr erst viel später von seinem Tod, als Laura kam, um sich zu verabschieden. Mir wurde erzählt, daß er einen Autounfall hatte, das war alles.«

»Es war ganz anders. Manuel hat sich umgebracht, nachdem er entdeckt hatte, daß Laura mit seinem Vater ins Bett ging. Ein solcher Schlag hätte selbst ein Nilpferd umgehauen ...«

Silvana senkte den Kopf, wieder fiel ihr eine Haarsträhne ins Gesicht. Lange verharrte sie in dieser Haltung, hinter ihrer Mähne versteckt, als ob sie betete. Als sie den Kopf wieder hob, bemerkte ich, daß sie wieder geweint hatte. »Jetzt verstehe ich, jetzt ist alles klar. Ich habe ein Glück, das nur wenigen Menschen zuteil wird, daß ich nämlich nicht einmal Zeugin meines eigenen Lebens bin.« Sie stützte sich auf die Tischkante, stand auf und ging zum Küchenschrank hinüber, aus dem sie eine Pappschachtel herausholte. Sie kippte den Inhalt auf den Tisch und begann in dem Haufen Schwarzweiß- und Farbfotografien unterschiedlichen Formats zu wühlen, bis sie die fand, die sie suchte. Es war ein altes Foto im Format sieben mal zehn mit gezackten Rändern, auf dem die noch ganz junge und gar nicht übel aussehende Signora Ida an einem überfüllten Strand zu sehen war. Sie lachte gemeinsam mit Italo, der in der Badehose neben ihr stand, schmächtig, aber schön gewachsen, die Haare klebten ihm am Schädel, ohne daß man erkennen konnte, ob vom Meerwasser oder von der Brillantine. Der Mann hielt ein dunkelhaariges Mädchen im Arm, von dem ich annahm, daß es Laura war. Sie zog ihn gerade an der Nase. Signor Arturo im Hintergrund betrachtete ernst die Szene. »Nicht schlecht, das Schwesterlein«, lachte Silvana. »Angelt sich den feinen Herrn Taufpaten und den zukünftigen Schwiegervater gleich dazu. Wie in einem miesen Film. Jetzt verstehe ich Lauras plötzliche Flucht, das Schweigen meiner Mutter ...«

Zornig zündete sie sich eine Zigarette an und setzte sich wieder mir gegenüber. »Meine Mutter hat sich im Haus verkrochen und wollte niemanden sehen. Den ganzen Tag blieben die Rolläden unten, sie lebte immer im Dunkeln. Um sechs Uhr abends ging sie schlafen und verbot mir sogar fernzusehen. Sie erlaubte mir nicht, den gleichförmigen Rhythmus des häuslichen Tagesablaufs zu durchbrechen. Ich mußte genauso eingesperrt leben wie sie. Morgens um vier stand sie auf, kochte das Essen für den ganzen Tag vor und begann die Wohnung zu putzen. Jeden Tag spülte sie, staubte ab, wusch, polierte die Messingknäufe. Tag für Tag, keinen ließ sie je aus. Eine Manie, die keine Luft zum Atmen ließ. Noch heute habe ich den Wachsgeruch des Fußbodens in der Nase. Wenn ich abends von der Arbeit heimkam, mußte ich essen, was sie morgens für mich gemacht hatte. Sie erlaubte mir nicht, die Küche zu benutzen, um mir selbst etwas zu essen zu machen. Hast du eine Vorstellung, wie ein Teller Nudeln oder ein Stück Fleisch schmecken, die fünfzehn, sechzehn Stunden zuvor gekocht worden sind und dann die ganze Zeit mit einem Handtuch zugedeckt auf dem Tisch gestanden haben? Aber ich *mußte* das Zeug essen, denn sonst hätte ich die ganze Wut in ihr entfesselt, die sie mit Müh und Not zurückhielt. Die Schläge, die ich in dieser Zeit abbekam, hatte ich in meinem ganzen Leben noch nicht bekommen. Einmal, als ich es leid war, die trockene Pampe meiner Mutter zu essen, aß ich mit einer Freundin auswärts und kam ein paar Stunden später als sonst nach Hause. Ich wollte gerade den Schlüssel ins Schloß stecken, da wurde die Tür aufgerissen und meine Mutter stand mit hervorgetretenen Augen da. Sie fletschte die Zähne, packte mich an den Haaren und warf mich zu Boden. Ich wußte nicht, was ich tun sollte, denn um mich zu schützen, hätte ich sie ja schlagen müssen, doch wie hätte ich das tun können? Ich versuchte also nur, in Deckung zu gehen. Als es ihr gelungen war, mich mit Schlägen und Ohrfeigen zu Boden zu werfen, tobte sie sich mit Fußtritten an mir aus. Sie traf mich an der Brust und am Bauch und bespuckte mich. Nicht einmal Daniele habe ich jemals jemanden so hassen gesehen.«

Ich war sprachlos. Auch wenn es in der Vergangenheit nicht an Anlässen gemangelt hatte, an der gegenseitigen Zuneigung innerhalb der Familie meiner Frau zu zweifeln, hätte ich doch nie für möglich gehalten, daß es hinter den Kulissen so krankhaft zuging. Ich war verstört. Ich umarmte sie, drückte sie fest an mich und wartete, daß es ihr besser ging. Sie zitterte, und ihre Tränen liefen an meinem Hals herunter. »Es reicht, Silvana, es reicht. Was hättest du denn mehr tun können als das, was du getan hast? Es hat keinen Sinn, über das Unmögliche zu weinen. Das habe auch ich seit einer Weile endlich kapiert.«

Ihre Lippen suchten die meinen, und auf diese Weise strömte meine Ruhe auf sie über. Sie löste sich nur für einen Moment aus der Umarmung, um die Wohnungstür abzuschließen, was dann folgte, war eine Mischung aus Sehnsucht und Überschwang, Schmerz und Rache.

Als ich ein paar Stunden später aufwachte, war es tiefe Nacht, und der Gedanke an den Mantel war augenblicklich wieder da. Der Schlaf hatte mir gutgetan, denn jetzt wußte ich genau, wonach ich zu suchen hatte. Leise, um Silvana nicht zu wecken, ging ich zum Schrank und untersuchte den am Ärmel angenähten Knopf. Das war das Detail, das mich seit dem Abend im Leichenschauhaus nicht mehr losgelassen hatte, das ich jedoch nicht gleich hatte scharf einstellen können. Ich erinnerte mich daran, daß Laura an ihrem Mantel die Knöpfe ausgewechselt hatte, weil die ursprünglichen ihr nicht gefielen. Anstelle der braunbeigen hatte sie Knöpfe angenäht, die sie – daran erinnerte ich mich sehr genau – bei der Kurzwarenhändlerin unten im Haus gekauft hatte und die nur beige und mehr eingewölbt waren. Der Unterschied stach nicht ins Auge, es war nur eine persönliche Note, eine dieser Nuancen, die Laura so sehr gefielen.

Gut: Wie also war es möglich, daß die neuen Knöpfe an den Mantel angenäht waren, der in Silvanas Kleiderschrank hing, und nicht an den, den man mir im Leichenschauhaus gezeigt hatte? Ich kann jetzt mit Sicherheit sagen, daß der Mantel, den ich am Tag von Lauras Identifizierung gesehen habe, noch die Originalknöpfe hatte. Verwirrt wie ich war, hatte ich dem damals keine Beachtung geschenkt.

Ohne Lärm zu machen, zog ich mich an, nahm den Mantel und ging. Bevor ich die Wohnung verließ, schrieb ich auf einen Zettel:

Liebe Silvana,
tut mir leid, daß ich auf diese Art verschwinde, ich würde viel darum geben, es nicht tun zu müssen. Aber es geht nicht anders. Ich nehme deinen Mantel mit (besser gesagt, den, den deine Mutter dir gegeben hat). Ich will die Sache allein bewältigen, ohne dir eine Erklärung zu geben, denn ich will nicht, daß du auf irgendeine Weise mit hineingezogen wirst. Wenn ich dich eingeweiht hätte, hätte ich dich vor eine

äußerst schwierige Entscheidung gestellt, die ich dir lieber ersparen möchte. Ich hoffe, du kannst mir verzeihen. Ich werde nicht verschwinden, ich denke, daß ich mich heute noch bei dir melde. Hab Vertrauen, wenn du kannst.

Paolo

DAS Gerichtsgebäude war noch halb verlassen. Auf zwei Bänken vor den Sitzungssälen saßen zwei bereits müde Männer, als ob sie die Nacht dort verbracht hätten, ohne zu schlafen. Durchgefroren, in schwere, abgewetzte Kordjacken eingemummt, mit staubigen Schuhen und zerzausten Haaren.

Im dritten Stock, wo sich das Büro von Untersuchungsrichter Palmieri befindet, war keine Menschenseele, und der Eindruck der Leere wurde durch die frisch gestrichenen Wände verstärkt, die noch frei von Aufschriften und noch nicht von Werbung und Schaukästen verunstaltet waren. Die große Tüte mit dem zusammengefalteten Mantel, den ich aus Silvanas Schrank gestohlen hatte, streifte ab und zu über den Boden, und das schleifende Geräusch breitete sich rasch die kahlen Wände bis zu den Decken hinauf aus. Die gelben Wände und die blauen Metalltüren erweckten eher den Eindruck, in einer Schule als in einem Gerichtsgebäude zu sein.

Palmieris Zimmer war das vorletzte. Mehr aus Gewissenhaftigkeit als aus Überzeugung klopfte ich an, denn ich nahm nicht an, ihn um diese Uhrzeit schon im Büro anzutreffen. Doch die Tür wurde fast im selben Augenblick geöffnet. Palmieri stand in Hemdsärmeln da, er hatte weit aufgerissene Augen und glattes Haar. Mir war schon früher aufgefallen, daß der Untersuchungsrichter morgens weniger Bauch hat als während des restlichen Tages und daß er aufrechter geht, mit straffen Schultern. Offensichtlich belastet ihn dieses ganze Universum aus verschiedenen und doch immer gleichen Geschichten, so daß er im Lauf des Tages einen melancholischen und müden Gesichtsausdruck bekommt und immer mehr in sich zusammensinkt.

Seine flinken tiefschwarzen Augen verliehen seinem Gesicht Leben. »Was machst du denn um diese Uhrzeit hier?« fragte er verwundert. »Komm, setz dich. Ich habe gerade gelesen.«

»Mir ist da etwas aufgefallen, und das wollte ich dir gleich mitteilen.«

Er nahm eine seiner toskanischen Zigarren und rollte sie zwischen den Fingern hin und her. »Was gibt's Neues?«

Ich erzählte ihm von meinem Besuch bei Silvana, legte ihm die Gründe dar, warum meine Schwägerin beschlossen hat, allein zu leben, und beschrieb die bedrückende Beziehung zu ihrer Mutter. Dann erklärte ich, wie beim Anblick des Mantelärmels, den ich aus dem Kleiderschrank hervorschauen sah, mein Gehirn zu arbeiten begonnen hatte ... Palmieri hörte mir mit leichter Ironie im Blick zu. Alles, was ich sagte, verfolgte er aufmerksam, aber zugleich so, als ob die Sache nichts mit seiner Arbeit zu tun hätte und er nur aus reiner Neugier zuhörte. Als ob der Fall für ihn ganz oder zumindest fast abgeschlossen wäre und das Indiz, das ich ihm da lieferte, zwar durchaus interessant, aber eben überflüssig wäre.

Als ich fertig war, nahm Palmieri seine Jacke: »Gehen wir hinunter und machen einen Spaziergang.«

Es hatte angefangen zu regnen, aber er schien es nicht zu bemerken. Wir gingen Richtung Piazza Mazzini. Die Geschäfte waren noch geschlossen, doch schon verschliß der Verkehr den Morgen, der seinem Zorn in einer Verwünschung, einem Bremsenquietschen oder im Kreischen der ins Müllauto geleerten Tonnen Luft machte. Der Regen löste Zeitungspapier und Werbezettel am Boden zu einem rosa Brei auf, so daß sie wie Fleisch aussahen.

Palmieri war ruhig, sehr ruhig. Aber auch schon etwas erschöpft, wie nach einer großen Anstrengung. »Ihr befindet euch in einem unerbittlichen Krieg. Ich muß aufpassen, daß ich mich nicht hineinziehen lasse.«

Fast schweigend gingen wir nebeneinander her, bis wir in den Viale Giulio Cesare kamen. Er hatte den Kopf in den Nacken gelegt, um die Fenster der Häuser über uns zu betrachten, während ich ihn von der Seite her ansah und auf seinem Gesicht eine Absicht oder einen Gedanken zu entdecken versuchte. »Folge meinem Gedankengang, und wenn du etwas nicht verstehst, unterbrich mich ruhig, okay? Betrachten wir den Fall mal mit ein bißchen Abstand. Also: Eine Frau wird mit eingeschlagenem Schädel tot auf einem Boot aufgefunden. Hauptverdächtiger ist angesichts der Verhältnisse zwischen dem Opfer und seinem Ehemann naturgemäß zunächst letzterer. In Wirklichkeit allerdings beruht dieser erste Verdacht auf Schlußfolgerungen und zum Teil auf eindeutigen Anspielungen der Verwandten, die allesamt auf den Ehemann als Schuldigen weisen.«

Zwei junge Afrikaner säuberten den Bürgersteig von Papier und einem leeren Karton, um im Schutz eines Balkons ihre Stände mit Schmuggelzigaretten aufzubauen. Ich blieb stehen und kaufte eine Packung, dann gingen wir weiter. Warum sah Palmieri mich mit dieser fragenden Miene an?

»Der Ehemann, nach dem wir gefahndet und den wir dann verhaftet haben, gesteht und gibt zu, seine Frau im Verlauf eines Streits getötet zu haben. Alles scheint gelöst, aber dann müssen wir ihn wieder freilassen, weil er ein überprüftes und absolut stichhaltiges Alibi hat: Zur Todeszeit, die durch die Autopsie des Opfers festgestellt wurde, war der Ehemann bei einer Prostituierten. Er mußte glauben, daß er seine Frau umgebracht hatte, doch diese starb erst später und nicht an den Schlägen, die der Mann ihr zugefügt hatte. So weit, so gut, die Ermittlungen werden fortgesetzt und gehen jetzt in eine Richtung, in die der Ehemann des Opfers uns gelenkt hat. Kommst du mit, kannst du mir folgen?«

»Natürlich kann ich dir folgen, sprich weiter. Allerdings verstehe ich nicht«, fügte ich hinzu, »was zum Teufel das alles mit dem Mantel zu tun hat.«

»Was das damit zu tun hat? Nur keine Eile, Paolo. Paß auf.« Sein Gesicht war wie versteinert, und die Gefühlsregungen, die in der Erstarrung des Kiefers und der Augen zu entdecken waren, drückten nur eine grenzenlose Unzufriedenheit aus. Er war unzufrieden, seine Gesten wie sein Tonfall wurden immer mürrischer. Er ging langsam, wie einer, der kein Ziel hat, und grundlos blieb er stehen, um einem Mann zuzuschauen, der eine Zeitung kaufte, oder einem Pärchen, das an der Bushaltestelle stritt. »Also, wo waren wir gerade ... Ach ja! Als der Ehemann des Opfers das Dilemma erkannte, hielt er es zunächst für angebracht, sich zu verdrücken, dann begann er auf eigene Faust zu ermitteln und lieferte uns dabei Einzelheiten aus dem Leben der Ehefrau, die wirklich erhellend waren. Das wichtigste Detail war zweifelsohne die Beziehung zwischen dem Opfer und dem damaligen Schwiegervater, also dem Vater des Verlobten oder sozusagen versprochenen Ehemanns. Der Betreffende leugnet natürlich, doch die Ergebnisse unserer Nachforschungen stimmen sämtlich mit der Aussage überein, die der Ehemann des Opfers gemacht hat und die wir deshalb für gesichert halten. An diesem Punkt bleiben als Personen, die ein Motiv für den Mord an der Frau hatten, exakt die beiden übrig, die uns der Ehemann genannt hat, welcher also seinerseits die Munition abgeschossen hat, die ihm in diesem Krieg zur Verfügung steht: Da wäre zunächst der Ex-Geliebte, der das Verhältnis zu seiner Ex-Schwiegertochter wieder aufgenommen haben und ihrer überdrüssig geworden sein könnte und der sie im Verlauf eines Streits getötet haben könnte (vergessen wir nicht, daß wir es mit einem unvorsätzlichen, also ohne Vorbedacht begangenen Mord zu tun haben). Allerdings scheint auch der Ex-Geliebte ein hieb- und stichfestes Alibi zu haben: er ist nämlich den ganzen Abend von einem Kunden in Neapel aufgehalten worden, was der Kunde bereits bestätigt hat. Theoretisch jedoch – wenn man die Uhrzeit vergleicht und in Betracht zieht, daß zwischen der vermutlichen und der tatsächlichen Todeszeit ein Spielraum von einer halben Stunde liegen kann – könnte es der Schwiegervater rechtzeitig geschafft haben: das ist eine Hypothese, wir prüfen das gerade.«

Bei diesen Worten begann ich zu zittern. Doch ich glaube, daß es mir gelang, mein Unbehagen zu verbergen.

»Eine weitere mögliche Täterin ist schließlich die Ehefrau des Geliebten, die aus Eifersucht getötet haben könnte. Doch auch sie hat ein Alibi, das bis jetzt allen Anfechtungen widerstanden hat: Am Abend des Verbrechens hatte sie eine Autopanne und wartete im Haus von Signora Ida, der Mutter des Opfers, daß der Ehemann sie abholte. Da ich an die Hypothese eines Geistesgestörten oder eines Sexualmörders selbst dann nicht glauben würde, wenn man ihn mir geständig vorführen würde, wird an diesem Punkt deutlich, daß eines der Alibis perfekter ist als das andere, findest du nicht? Eines dieser beiden perfekten Alibis kann man knacken. Man muß nur herausfinden, welches. Leuchtet dir das ein?«

»Vollkommen.« Wir setzten uns auf die Schwelle einer Toreinfahrt, die aussah, als ob sie schon lange nicht mehr benutzt würde. Das Holz war verwittert und faserig, und zwischen den Schnitzereien hatte sich eine Unmenge winziger rußgeschwärzter Spinnennetze ineinander verwoben.

»Gut, als ich an diesem Punkt angelangt war und schon glaubte, meine Ermittlungen abschließen zu können, kommt erneut der Ehemann des Opfers zu mir und behauptet, in der Wohnung seiner Schwägerin den Mantel seiner

Frau gefunden zu haben. Kommt er, um mir das Leben schwerzumachen, indem er die Zahl der Verdächtigen erhöht? Oder treibt ihn das aufrichtige Verlangen, die Wahrheit herauszufinden?«

»Ich komme, weil ich etwas gefunden habe, das mir wichtig erschien. Wenn es das nicht ist, dann eben nicht. Aber das ist noch lange kein Grund, so ein Theater zu machen ...« Ich war außer mir, ich ertrug nicht, daß er Katz und Maus mit mir spielte.

»Werd doch nicht gleich wütend... Glaub mir, ich mache mich nicht über dich lustig... Ich versuche dir begreiflich zu machen, in welche Verwirrung du mich durch das neue Indiz stürzt, das du mir da bringst.«

»Was hätte ich denn tun sollen? Etwa den Mund halten?«

»Aber warum hast du dann den Mantel wiedererkannt, den wir dir im Leichenschauhaus gezeigt haben?« Zum erstenmal hob Palmieri die Stimme.

»Was weiß denn ich!? Ich war verwirrt, die Mäntel sind identisch, gleiche Marke, gleicher Schnitt, gleiche Farbe. Nur die Knöpfe sind anders! Wie hätte ich an jenem Morgen an die Knöpfe denken sollen? Ich habe einfach nicht darauf geachtet!«

»Wie auch immer, mein lieber Paolo, ich weiß nicht, ob du deine Schwiegermutter oder deine Schwägerin verdächtigst ...«

»Beide«, antwortete ich. Ja, auch Silvana.

»Ich werde dich auf dem laufenden halten. Deine Schwiegermutter kannst du jedenfalls streichen. Hast du nicht gesagt, daß du ein Auto kommen gesehen hast, als du weggegangen bist? Wir haben herausgefunden, daß das stimmt. Ein Zeuge hat ausgesagt, daß es ein schwarzer Wagen mit großem Hubraum war, aber leider konnte er uns nicht das Kennzeichen nennen. Aber das allein genügt, um deine Schwiegermutter als Tatverdächtige auszuschließen, sie besitzt nämlich keinen Führerschein und ist in ihrem ganzen Leben noch nie am Steuer gesessen. Tja ...«

Damit verabschiedeten wir uns. Ich sah ihm nach, wie er mit müdem Schritt, gesenktem Kopf und vollkommen durchnäßt davonschlich. Ich flüchtete in die Wärme der U-Bahn und mußte aufpassen, daß ich auf dem rutschigen Gummiboden nicht ausglitt.

Als ich die Treppe hinunterstieg, kam Luana mir entgegen. Sie war klatschnaß vom Regen und ging bedächtig, mit leerem Blick, ab und zu zog sie langsam an einer Zigarette. Ihr Regenmantel, der naß geworden sein mußte, bevor sie in die U-Bahn eingestiegen war, war von der dampfenden Hitze im Zug ganz zerknittert und klebte ihr am Körper wie ein Plastikmantel. Ich folgte ihr mit den Augen, während sie die Treppe zum Ausgang hinaufging. Einer ihrer Strümpfe hatte eine Laufmasche. Ich erinnerte mich an damals, als ich sie einmal zum Friseur gebracht und auf sie gewartet hatte, weil ihr Auto kaputt war. Damals benahm sie sich, als stünde sie auf einer Privatbühne; sie kannte alle, grüßte alle und fühlte sich verpflichtet, jedermann mit einer witzigen Bemerkung zu bedenken, die sie auch noch für brillant hielt. »Ciao, Bella! Du wirst ja immer aufregender, he!«; »Mein lieber Omero, heute mußt du dein Bestes geben! Ich habe heute abend ein Meeting im Excelsior! Ich verlaß mich ganz auf dich!« Der Friseur rief daraufhin einen Mitarbeiter herbei, und beide fingen an, Luanas Haare in Augenschein zu nehmen. Sie ließen sie durch die Finger gleiten und rieben daran, um ihre Beschaffenheit zu prüfen, wie ein Polsterer es mit einem abgewetzten Sessel getan hätte. Luana saß da, ganz klein zwischen den beiden jungen Männern, die sie berührten, ich sah, daß sie mit sich selbst kämpfte, um ihre Verlegenheit nicht zu zeigen. Als die beiden ihr schließlich versicherten, daß sie wüßten, welches die angemessene Frisur für sie wäre, flitzte sie zu ihrem Platz wie ein verschämtes Mädchen. Hinter ihrem Rücken zwinkerten sich die beiden zu.

Genauso klein sah sie heute morgen aus, als ich im Regen hinter ihr herging. Sie lief bis zur Piazza Risorgimento und blieb an der Einmündung der Via Cola di Rienzo stehen. Etwa zehn Minuten wartete sie dort im Schutz eines Hausdachs, bis schließlich ein Auto kam und sie einstiegen ließ. Aus der Entfernung konnte ich es nicht genau sehen, aber ich bin sicher, daß es Daniele war. Ich sah sie Richtung Gericht davonfahren.

Wahrscheinlich hecken sie schon wieder etwas Neues aus. Ich muß mir stets vor Augen halten, daß der Moment noch nicht gekommen ist, um in meiner Wachsamkeit nachzulassen. Allen gegenüber muß ich mißtrauisch bleiben. Auch gegenüber Silvana, warum nicht? Gerade ihr gegenüber. Die schönen Worte über Laura, die sie bei sich zu Hause gesprochen hat, könnten durchaus nur leeres Geschwätz sein, eine Komödie. Genauso wie ihre Gefühlsanwandlungen, die ganze gespielte Zuneigung. Im übrigen ist sie ja darin geübt, mit Leuten ins Bett zu gehen, die sie vorher noch nie gesehen oder kennengelernt hat, warum sollte es ihr bei mir Mühe bereiten? Sie spielt das gleiche Spiel, das ich mit meinen Kunden gespielt habe: gut Freund werden, um besser Verwirrung stiften und zum Angriff übergehen zu können. Aber du täuschst mich nicht, meine Liebe. Ich habe dich durchschaut, du täuschst mich nicht.

GESTERN kam die Polizei, um mich abzuholen. Ich hatte gerade ein halbes Rind auf die Schultern gepackt, so daß ich unter der Last ganz krumm und mit gebeugten Knien lief, als sich die polierten Stiefel zweier Polizisten vor mir aufbauten. »Guten Tag, was gibt's?«

»Wir müssen mit Ihnen reden.«

Ich ging in die Metzgerei, hängte das Fleisch an den ersten freien Haken und ging wieder hinaus. Der Polizist hüstelte und setzte seine Brille ab: »Sind Sie Paolo Bertini?«

»Ja. Aber was ist denn los?«

»Richter Palmieri wünscht, daß Sie so schnell wie möglich zu ihm kommen ...«

»Was heißt das? Jetzt gleich oder heute nachmittag?«

Er lächelte: »So schnell wie möglich heißt so schnell wie möglich. Besser heute morgen, glaube ich.«

»Meine Schicht ist zu Ende, ich kann auch sofort kommen. Aber ich muß den Laster abgeben ... Auf dem Piazzale Clodio ist es schon schwierig, ein Fahrrad zu parken, da kann man sich ausmalen, wie es mit einem Laster wäre ...«

»Lassen sie sich Zeit, wir fahren hinter Ihnen her.«

Wir trafen den Richter in der Bar unten im Gerichtsgebäude, umringt von Leuten, mit denen er sich angeregt zu unterhalten schien. Als er mich sah, kam er hoch erfreut auf mich zu und bot mir einen Kaffee an der Theke an. Keine Spur des melancholischen Gesichtsausdrucks von neulich war mehr zu sehen. »Das ist mein Mitarbeiter!« rief er vor allen Leuten. »Das kann ich jetzt ganz offen sagen, und du wirst bald verstehen, warum.«

»Ist irgend etwas passiert?«

Er nahm mich beiseite und sagte halblaut, fast in mein Ohr hinein: »Passiert ist, daß endlich eines der Alibis zusammengebrochen ist, von denen ich dir erzählt habe, und zwar das lückenloseste von allen.«

Ich spürte, wie mir das Herz in die Hose rutschte und mein Atem sich in meiner Brust zusammenzog wie in einer Gasflasche. Ich fühlte mich kurz davor zu explodieren, doch es gelang mir, mich zu beherrschen. Die Worte Palmieris, die dann folgten, drangen wie aus hundert Kilometer Entfernung zu mir: »Hast du jemals von einer gewissen Tante Gilda gehört?«

»Die alte Tante? Ja, sie ist die Schwester von Signora Ida. Laura hat oft von ihr gesprochen. Sie mochte sie gern. Aber was hat sie damit zu tun? Wir haben sie sogar einmal besucht. Sie ist eine verschrobene Alte, sie lebt wie eine Einsiedlerin in einem Häuschen am Strand von Sant'Agostino, hinter Civitavecchia. Aber was hat sie damit zu tun?«

»Mach dir keine Sorgen, vertrau mir. Es ist das letzte Steinchen, das eingefügt werden muß, und dann ist es wirklich geschafft. Könntest du mich zu ihr bringen?«

»Ich glaube schon. Aber jeder in der Gegend kann dir den

Weg zeigen. Sie lebt zwar wie eine Einsiedlerin, aber sie versteckt sich keineswegs. Alle kennen sie ...«

»Ich weiß. Aber laß uns beide, du und ich, zu ihr fahren, ohne jemand anderes. Vielleicht spricht die Alte dann eher.« Er lachte, und da er merkte, daß ich auf eine Erklärung wartete, fügte er hinzu: »Ich gehe da einem Gedanken nach, das ist im Moment alles. Dränge mich nicht, mehr zu sagen. Normalerweise gebe ich ja sonst nichts auf Gerüchte, auf das Geschwätz der Verwandten, auf böse Zungen. Aber als ich diesmal entfernte Verwandte, Bekannte und einfache Nachbarn befragt habe, gab es soviele Parallelen, und die Übereinstimmungen waren so eindeutig, daß es mir vorkam, als ob jemand zwei Streichhölzer gleichzeitig angezündet hätte. Mir ging auf einmal ein Licht auf. Ich muß die Sache überprüfen.«

In Sant'Agostino mußten wir den Wagen mitten in einem Pinienwäldchen stehenlassen und zu Fuß weitergehen. Es war gegen zwei Uhr mittag, und das Meerwasser funkelte wie ein Korallenriff aus tausend Farben. Aus dem Wasser heraus versprühten die Algen und die Muscheln, die auf dem Felsen wuchsen, Lichtstrahlen. Um diese Tageszeit war die gigantische Silhouette des Heizkraftwerks von Civitavecchia nichts weiter als ein riesengroßer dunkler Fleck, der in dem unendlichen Glanz erdrückt wurde, doch aus seiner Spitze erhob sich eine schwarze Rauchsäule, ein Rohr, das aufstieg, sich wie ein Fächer öffnete und den Himmel mit grauen Tupfen befleckte, die sich in dem einen Augenblick stauten, um im nächsten seitlich abzudriften, je nachdem, wie der Wind sie trug.

Während der Fahrt erzählte mir Palmieri, daß die alte Tante in der Vergangenheit wegen ihrer politischen Aktivitäten verschiedentlich Schwierigkeiten mit der Justiz gehabt hatte. Unmittelbar nach dem Krieg trat sie in das Gewerkschaftskomitee der Fabrik ein, wo sie als Arbeiterin beschäftigt war, und organisierte mehr oder weniger friedliche Demonstrationen, weswegen sie 1961 zu sechs Monaten auf Bewährung verurteilt wurde. In der Folge war sie in verschiedenen politischen Vereinigungen aktiv. Wo immer protestiert wurde, sie war dabei. Sie hat Häuser besetzt, an Enteignungen teilgenommen, Streikposten organisiert, und einmal hat sie ein bischöfliches Gelände in der Gegend von Frosinone besetzt. In den achtziger Jahren war sie in Rom in Ermittlungen gegen eine Gruppe aktiver Terroristen verwikkelt. »Ohne ihr Wissen«, erläuterte Palmieri. »Es war ihr nicht klar, wer ihre Genossen waren. Sie haben sie gebeten, Unterlagen bei sich aufzubewahren, und sie hat es getan: es waren falsche Pässe.« Diesmal mußte sie allerdings ins Gefängnis. Während der zwei Jahre, die sie in Rebibbia eingesperrt war, starb ihr einziger Sohn bei einem Autounfall. Von einem Tag zum anderen ließ sie das Fluchen sein und ersetzte es durch Beten. »Jetzt, wo's ihr nichts mehr nützt.«

Wir fuhren an kleinen Häuschen mit geschlossenen Fensterläden vorbei, die im Winter unbewohnt waren; die Geländer der Veranden waren vom Salz angegriffen, das die verschiedenen Farbschichten aufdeckte, Rot über Blau, Grün über Gelb. Ganz am Ende des Strands fanden wir schließlich die große Badehütte, in der Tante Gilda lebt. Es ist die allerälteste Hütte, die Farbe ist abgeblättert, das Holz ist dunkelgrau und weist feuchte Stellen auf, die Zeit, Wind und Wasser wahllos auf die Wände geworfen haben.

Wie schön war Laura an dem Tag, als wir gemeinsam an diesen Strand fuhren! Sie wollte unbedingt, daß ich ihre alte Tante kennenlernte, von der sie schon gesprochen hatte, als wir noch in Amerika waren. »Sie ist bösartig wie ein wild gewordenes Raubtier und arglos wie ein verirrtes Lamm«, sagte sie immer wieder.

Ich hatte den Eindruck, als wäre ich erst gestern über diese mit Algen, Krabbenpanzern und Muscheln übersäte rote Lava gelaufen, und fast erwartete ich, daß meine Frau im nächsten Moment hinter den Felsen hervorträte. An jenem Tag hatte Laura die größten und buntesten Muscheln gesammelt und hielt sie fest in der Hand. Zu Hause bewahrte sie Hunderte davon in einer alten Doria-Keksdose aus Blech auf. Ab und zu nahm sie sie heraus und legte sie in ein großes Glasgefäß mit Wasser. Um ihnen den Glanz wiederzugeben, wie sie sagte. Sie wartete, bis das Wasser sich zu trüben begann, erst grün wurde und dann braun, bevor sie sie herausnahm, putzte und in die Dose zurücklegte. Eine Art Auferstehung auf Zeit.

An jenem Nachmittag riß sie sich, kaum daß sie aus dem Auto gestiegen war, die Kleider vom Leib und stand auf einmal im Badeanzug da. Ich war überwältigt von der Anmut und der Reinheit ihres Körpers, sie sah aus wie ein ganz junges Mädchen. Hand in Hand gingen wir ins Wasser. Ich hielt sie fest, denn ich befürchtete, daß sie sich an einem Felsen stoßen oder in ein Loch treten könnte, das die Algen unter dem grünblauen Teppich verbargen, mit dem sie das Lavagestein bedeckten. Als das Meer uns bis an die Hüften reichte, drückte Laura meine Hand noch fester und bat mich stehenzubleiben. Sie war auf einmal angespannt, starrte mit ernstem Blick auf den Horizont. Ich spürte, daß meine Frau instinktiv mich – und auch sich selbst – beschützte, und bemerkte die unkontrollierbare, zwanghafte Angst, die sich ihrer bemächtigt hatte: diese Weite war allzu lichtdurchflutet und farbenfroh, allzu ruhig und sicher. Plötzlich zitterten wir beide vor Kälte. Ich geleitete sie ans Ufer zurück. Auf dem zerklüfteten Felsen blieben wir in der Sonne liegen, bis das Vergessen den grausigen unbekannten Schrecken, der uns gelähmt hatte, ganz hinweggenommen hatte. »Schade«, seufzte Laura.

Unser Leben, das schon vielen vor mir als nach einem unzweifelhaft mißlungenen Plan entworfen und noch weitaus schlechter geordnet erschien, ist auch von innen her ausgehöhlt. Es ist ein Gewimmel und Gedränge von Tagen, die wie Kannibalen einer über den anderen herfallen. Und es sind immer die schrecklichsten und grausamsten, die am Ende als Herren über die Erinnerung und unsere Empfindungen übrigbleiben. Und so begleiteten mich nicht die glücklichen Tage, die ich mit Laura ja auch erlebt habe, über die Schwelle des Hauses der alten Tante, nicht unsere Träume. Nur das trostlose Bewußtsein dessen, was wir nicht zustande gebracht hatten, unser eigentliches und wahres Vermächtnis. Deshalb betrachtete ich nicht länger das Meer da draußen, das im Rot der versinkenden Sonne glühte, sondern tauchte ein in die Dunkelheit des großen Raums, in dem wir Gilda antrafen. Es roch nach feuchtem Holz und beißend nach dem Gas, das die Campingküche verströmte, die in einer Ecke untergebracht war. Eine warme Atmosphäre von Einsamkeit und wütendem Frieden ging von den Gegenständen aus, die ordentlich in den Fächern der Anrichte aufgereiht standen, die fast vollständig in den Schatten des Hauses eingetaucht war: der Salzstreuer, das Ölfläschchen, der Senftopf, das Glas mit in Öl eingelegten Knoblauchzehen, die Zahnstocher, die Zuckerdose.

Während ich mich auf einen Stuhl setzte und abwartete, ohne etwas zu erwarten, schaute, ohne zu sehen, ging Palmieri auf Gilda zu und stellte sich vor.

Sie gab ihm keine Antwort. Statt dessen wandte sie sich an mich: »Warum hast du ihn hergebracht?« fragte sie mit einer Stimme, die faltig war – ein Geräusch wie das abgenutzte Leder einer alten Tasche. »Was erhoffst du dir davon? Jetzt ist es passiert. Es bleibt keine Zeit mehr, weder um etwas nachzuholen, noch um sich aus der Affäre zu ziehen.«

»Ich entscheide nie etwas, Gilda. Ich bin dazu verurteilt zu folgen. Selbst wenn ich plötzlich in vorderster Linie stehen würde, hieße das nur, daß die anderen rückwärts gehen.«

Die Ablehnung der Alten verwandelte sich schlagartig in eine Art resignierte Apathie, und so verharrte sie, den Kopf zur Seite geneigt und mit jenem unverschämten und hochmütigen Gesichtsausdruck, die grauen Augenbrauen hochgezogen, den sie seit jeher der Welt entgegenhält.

Durch das offene Fenster drang das Plätschern des Meeres

herein, auf dem schon schwer die Dunkelheit lastete. In der Hütte selbst hörte man nur das Knarren des Stuhls, in dem Gilda sich wiegte, vor und zurück, vor und zurück. Palmieri gab keinen Laut von sich, er hatte sich in einer Ecke auf den Boden gesetzt, die Schultern an eine Bank gelehnt, und er sah aus, als würde er sich am liebsten verdrücken.

Jetzt ist es passiert: aber was?

Sie war ausgetrocknet, gebeugt. In ihren abgetragenen und viel zu weiten Kleidern sah sie aus wie eine Vogelscheuche. Sie richtete den Ofen, brummelte über die Schwefelhölzer, die nicht anbrennen wollten, rüttelte an der Gasflasche, um deren Gewicht zu prüfen. Den hinteren Teil der Baracke nahm ein Bett ein, auf dem eine bordeauxfarbene Steppdecke lag. Auf dieses Bett hatte Laura sich an jenem Nachmittag gesetzt, als wir zu Besuch waren. Und neben der Tür, fast im Halbschatten, konnte man das Foto eines lächelnden jungen Mannes erkennen. Der kleine Blumenstrauß darunter erweckte den Eindruck, als zerfiele er bei der ersten Berührung zu Staub.

Mit monotoner Stimme führte Gilda uns in die Zeit zurück, in der alles begonnen hat, obwohl es, sagte sie, ja nicht stimmt, daß man so ohne weiteres festlegen kann, wann eine Geschichte beginnt. Jedes Leben ist mit einem anderen verzahnt, und nur schwer findet man sich in diesem mörderischen Geflecht aus Hoffnungen und Leidenschaften zurecht, das die Beziehungen zwischen den Menschen zusammenhält. Vor allem scheint der Faden, der sie zusammenhält, zuweilen aus Gold zu sein, dabei ist er nur eine armselige Imitation, die nach kurzer Zeit zu rosten anfängt.

Der Ursprung dieser Geschichte verliert sich vielleicht in weit entfernter Vergangenheit und liegt vierzig Jahre zurück, als der Krieg noch nicht zu Ende war. Vielleicht, sagte Gilda, könnte man da beginnen, ohne allzu falsch zu liegen. Man könnte bei den allzu weißen Häusern von Ceglie Messapico in Apulien beginnen.

Damals war Ida neunzehn und lebte mit ihren Eltern in einem Haus, das außerhalb des Dorfs am Ende eines Feldwegs lag, der in die Olivenhaine führte und auf ganzer Länge von Kakteen und Opuntien gesäumt wurde. Gilda, die ältere Tochter von Vincenzo und Maria, war schon ein paar Jahre zuvor nach Rom gegangen. Sie hatte den zudringlichen Frieden dieser brodelnden Natur nie ausgehalten, wo die Männer dazu verdammt waren, sich im ewigen Kampf gegen die steinige und harte Erde den Rücken krummzuarbeiten, und es das Schicksal der Frauen war, sich im dunklen Innenraum der Häuser aufzuzehren. »Drinnen«, sagte sie, »konnte man nichts sehen, weil es dunkel war. Und draußen konnte man nichts unterscheiden, weil es zu hell war. Wenn du ein Loch in diese Erde gräbst, stößt du nicht auf Wasser, sondern auf Steine, Steine und noch mal Steine. Diese Erde kommt der Wirklichkeit zu nahe, deshalb wird sie von keinem geliebt.«

Vincenzo hatte es nie gern gesehen, daß Ida sich in Italo verliebte, denn er war ein unruhiger und allzu kecker junger Mann, der sich unten im Hafen von Taranto mit tausenderlei Geschäften durchs Leben schlug, der aber jedesmal Reißaus genommen hatte, wenn Vincenzo ihm vorgeschlagen hatte, mit ihm zusammenzuarbeiten. Als Vincenzo seiner

Tochter ein- für allemal verbot, den Jungen wiederzusehen, organisierte dieser die Flucht mit seiner Geliebten. Eines Morgens vor Sonnenaufgang schickte er einen Freund und ließ sie entführen. Eine ganze Woche lang versteckten sich die beiden im Haus von zwei Freunden in Grottaglie, bis Vincenzo sie unter Mobilisierung aller seiner Beziehungen schließlich ausfindig machte. Nachdem er seine Tochter im Anschluß an eine gräßliche Eifersuchtsszene, Ohrfeigen und Küssen, hinausgeschrienem Schmerz und unter Tränen hervorgebrachten Drohungen wieder in die Arme geschlossen hatte, beschloß er, sie nach Rom zu schicken und dort Gilda anzuvertrauen.

Einige Monate lang hörte man nichts mehr von Italo. Gilda wohnte damals in der Gegend von Tormarancia in einem Häuschen mit himmelblau und rosa gestrichenen Wänden, und jeden Morgen fuhr sie sechs Kilometer mit dem Fahrrad zur Arbeit. Sie arbeitete in einer Sacknäherei am Flußhafen. Den ganzen Tag hievte sie Paletten mit frischgenähten Säcken auf große Lastwagen. Niemand wäre je darauf gekommen, daß Ida und Gilda Schwestern waren. Ida war klein, zierlich und braun wie ihre Mutter Maria, und wenn man sie ansah, konnte man sich nur schwer vorstellen, daß sie in jener immer roten und verdorrten Ebene aufgewachsen war. Gilda dagegen bewahrte in ihrem Körperbau die Härte der Heimaterde: sie war plump, knochig und stark wie ihr Vater, und sie war starrköpfig und entschlossen wie er. Die Arbeitskolleginnen, die sie in Herzensdingen als Konkurrentin nicht fürchteten, erkannten ihr sogleich die unumstrittene Führungsrolle zu.

Ida und Gilda teilten sich die Wohnung, aber man konnte nicht sagen, daß sie ihr Leben teilten. Die Ältere war zu sehr von der Arbeit und den praktischen Seiten des Lebens in Anspruch genommen, die Jüngere dagegen zu sehr in den Luftschlössern der Jugend gefangen. Ida blieb den ganzen Tag zu Hause, kochte das Essen für sich und ihre Schwester und machte ein bißchen sauber. Ansonsten ruhte sie sich aus und war einer zermürbenden Langeweile ausgeliefert. Gilda hingegen arbeitete für beide. Wenn sie abends aus der Sacknäherei kam, fuhr sie bei einem Signore in San Giovanni vorbei, wo sie die Schmutzwäsche abholte. Zu Hause angekommen, wusch sie (nur manchmal mit Idas Hilfe), und tags darauf gab sie die Sachen wieder ab.

Schon bald ging Ida, die unfähig war, allein zu leben, mit Arturo aus, einem braven Jungen und Freund ihrer Schwester, der seit ihrer Ankunft die Gewohnheit angenommen hatte, sich immer häufiger an der Haustür blicken zu lassen, um seine Hilfe anzubieten. Ida und Arturo begannen an den Sommerabenden, wenn die Luft lau und frisch ist, vor Gildas Haus ein paar Worte zu wechseln, und schon bald zeigten sie sich, geschützt durch die Intimität der Mauern, offen ihre Zuneigung. Gilda ließ es geschehen, auch wenn sie ihre Schwester gut kannte und nur zu genau wußte, daß man deren Gefühl für Arturo nicht als wahre Liebe bezeichnen konnte. Was genau es war, hätte sie nicht sagen können, weil sie keine Zeit hatte, darüber nachzudenken, aber ein Blick genügte ihr, um festzustellen, daß es sich keinesfalls um Liebe handelte. »Armut ist das

Widerwärtigste, was es gibt«, sagt Gilda. »Sie entstellt die Dinge, die Körper und die Seelen. Sie ist eine Halluzination.«

Ein paar Monate später tauchte Italo plötzlich wieder auf. Gilda erinnert sich sehr gut an diesen Morgen. Es war ein gewöhnlicher Sommertag. Die Sonne ging ganz sanft, fast kühl, hinter dem Kirchturm auf, doch dann warf sie ihre Hitze mit voller Wucht erbarmungslos über alles, sprengte die Erde rings um das Haus, dörrte die Grashalme zu Gestrüpp und verwandelte die Kieselsteinchen, die die Beete in den Vorgärten begrenzten, in blendende Kristalle.

Auch an jenem Morgen hatten die beiden Schwestern den Tag mit Zänkereien begonnen. Ida war früher als sonst aufgestanden. In der Nacht war Wind aufgekommen, und als der Morgen graute, führte er das Regiment und vergnügte sich damit, auf der Straße Wolken aus Staub aufzuwirbeln, der so fein war wie Puder. Zwei oder drei Häuser von Gildas entfernt schlug ein Fenster gegen die Mauer – ein regelmäßiges Klappern, das an den Nerven zerrte. Wie gewöhnlich hatte Ida zu lamentieren begonnen: »In dieser verdammten Stadt kann man nicht einmal schlafen. Nichts, gar nichts kann man hier machen!« Gilda, die die Klagen der Schwester stets als Ausdruck ihrer Undankbarkeit auffaßte, hatte ihr gehörig die Meinung gesagt: »Du bist ein verhätscheltes kleines Mädchen, sonst nichts! Du kannst nichts als jammern! Mamma hat dich ja wohl nicht so erzogen, als ob du die Tochter des Fürsten Torlonia wärst, also vergiß nicht, daß du nichts Besseres bist als ich, hast du verstanden? Und so wie ich schufte, mußt du auch schuften!«

Doch plötzlich, während sie weiterstritten und sich von einem Zimmer zum anderen gegenseitig Vorwürfe machten, bemerkte Gilda, daß ihre Schwester nicht mehr antwortete. Aus der Küche drang tiefstes Schweigen. Gilda stieg aus dem Bett, zog den Morgenrock an und ging ins andere Zimmer. Ida stand reglos mitten in der Küche. Mit einem Topf in der Hand sah sie nach draußen. Auch Gilda richtete den Blick dorthin, durch die Fensterscheiben auf die lichtdurchflutete gelbe Straße, und sah ihn. Sie hatte ihn nie zuvor gesehen, aber schon auf den ersten Blick wußte sie, daß er es war.

Er trug eine Art Matrosenuniform, hatte die Jacke über die Schulter geworfen, sein Unterhemd war dreckig und verschwitzt, wirkte jedoch aufgrund seiner dunklen Hautfarbe schneeweiß. Die tiefschwarzen Augen wurden durch die Ringe darunter noch schwärzer, man sah, daß er viele Stunden nicht geschlafen hatte. Und seine Schuhe mußten ihn viele, viele Kilometer weit getragen haben. Sie nahmen ihn im Haus auf und ließen ihn ausruhen. Arturo machten sie vor, er sei ein Vetter, der nur kurze Zeit bleiben würde.

Zu Gildas großer Überraschung ging Ida weiterhin mit ihrem neuen Verlobten aus und ignorierte ihren apulischen Verehrer nahezu. Nach dem 8. September, als die Deutschen einmarschierten, baten sie Arturo, »den Vetter« bei sich zu Hause in Magliana zu verstecken, einem wenig von den Deutschen heimgesuchten Viertel. Tormarancia wurde ständig kontrolliert, und es wäre Selbstmord gewesen, Italo weiter dazubehalten. Arturo zögerte nicht eine Sekunde. Er behandelte den Gast mit dem Respekt, den man einem Bruder erweist, und behielt ihn bis zur Befreiung bei sich.

Ida und Arturo heirateten am 25. März 1952, nachdem es ihnen gelungen war, Armut und Elend hinter sich zu lassen und eine eigene Wohnung zu finden. Bald darauf lernte auch Italo ein Mädchen kennen, das er wenige Wochen später heiratete. »Es vergingen ein paar Monate, dann begannen Ida und Italo sich heimlich bei mir zu Hause zu treffen«, sagt Gilda. »Ich ließ sie gewähren, die Sache interessierte mich nicht. Mein Leben hatte mittlerweilen einen eigenen Verlauf genommen. Ich hatte das Fabrikkomitee, die Gewerkschaftskämpfe, die Stadtteilschulen, die Hausbesetzungen, die Straßenblockaden, die Zusammenkünfte mit den Genossen ... Ein Kampf wie ein nie enden wollendes Fest. Die Jahre gingen dahin, doch sie waren so erfüllt, daß wir nicht einmal bemerkten, wie sie vergingen. Wir lebten in der festen Überzeugung, daß am nächsten Tag der Kampf endlich zu Ende sein würde. Tausend große Siege, einer nach dem anderen, und am Ende eine einzige, endgültige Niederlage. In jenen Jahren wurde mein Sohn geboren, und einige Monate später stürzte mein Lebensgefährte von einem Gerüst und starb ... Die Probleme meiner Schwester mit ihren Liebschaften, ihrem elenden Verrat, ihrem Gejammer schienen mir einer mittlerweile verklungenen Welt anzugehören, deren Tage gezählt waren, die mich jedenfalls nicht interessierte. Sie wollte mein Haus, um sich mit ihrem Geliebten zu treffen? In Ordnung. Sie war meine Schwester, da konnte ich nicht nein sagen. Ich gab ihr die Schlüssel und wollte nichts weiter wissen. Es tat mir bloß ein bißchen für Arturo leid, der ein guter Freund war, ein anständiger Mensch, aber eben ein wenig zu anständig … Ansonsten ging es mich nichts an.

Heute weiß ich, daß auch ich vieles falsch gemacht habe. So, wie die Dinge stehen, kann ich das wohl kaum abstreiten. Aber ich habe genug Lebenserfahrung, um zu begreifen, daß nur der Fehler begeht, der nichts zählt. Ich lebe hier, ich zähle nichts, also habe ich etwas falsch gemacht, ich muß auch das bereuen, was gar nichts mit mir zu tun hat. Hätte ich es wie so viele andere gemacht – hätte ich meine Augen verschlossen, um nicht zu sehen, hätte ich gelernt, ja zu sagen, so wie jene, die über das Leben der Leute hinweggegangen sind wie eine Planierraupe über ein Trümmerfeld, die Tausende von Leuten entlassen und damit Hunderte Familien in den Ruin und in Verzweiflung gestürzt, die ihre Kinder zu Egoismus und Dumpfheit erzogen haben – dann hätte ich heute keinen Anlaß zur Klage. Und vielleicht hätte ich irgendwie sogar diese Sache in Ordnung bringen können, damals, vor so vielen Jahren …

Zitternd kam Ida eines Tages zu mir. Sie war schwanger, aber nicht von Arturo. Das Mädchen war von Italo. Ich habe dir ja schon gesagt, daß ich nicht die Geduld für die Liebschaften hatte, in die meine Schwester sich so gern verwickelte. Ich sagte ihr, daß sie die Dinge laufen lassen sollte, daß dies ein Geheimnis zwischen uns beiden war und bleiben würde. Und so nahm die Sache ihren Lauf. So … so … und immer weiter so … Hast du jetzt verstanden? Nicht einmal Italo und Laura wußten etwas. Ihre Beziehung war eine

Gotteslästerung, doch sie haben es nicht gewußt. Ida wußte es, und ab einem gewissen Punkt hat sie es offensichtlich nicht mehr ertragen. Vielleicht war das der Augenblick, in dem alles kaputtging ...«

Als wir das Häuschen verließen, war es bereits dunkel. Wir kletterten über die schwach im Mondlicht schimmernden Felsen zum Wagen. Die aufgerissene Erde rings um den Zaun des Heizkraftwerks zeigte uns, daß wir angekommen waren, und wir fuhren los, die Schornsteine entlang, die ihren unsichtbaren Rauch ausstießen, schwarz in schwarz. Während der ganzen Fahrt nach Rom wechselten Palmieri und ich kein Wort, reglos starrten wir auf die Straße, die unter den Scheinwerfern vorüberglitt. Doch wenn man ihn beobachtete, merkte man, daß der Richter im Innersten bebte.

LASS uns also hier und jetzt Abschied nehmen, meine kleine Frau. Der Herr möge dir die ewige Verdammnis bereiten, so wie der Glanz deiner Augen deine Liebhaber zu immerwährender Finsternis verdammt hat. Es wäre wirklich besser gewesen, die Säure deiner Seele hätte mich schon bei unserer ersten Berührung zerfressen, wenn du sofort abgetrieben hättest, meinen Samen in mich zurückgespritzt hättest mit jenem Ausdruck des Ekels, den ich erst in letzter Zeit kennen- und erst gestern abend fürchten gelernt habe.

Aber nein, du hast deine Liebe gespendet, um die heimtückischste aller Fallen und die verhängnisvollste aller Glückseligkeiten aufzubauen, die bösartigste Täuschung. Die Wärme, die du mir gabst, war wie der Atem einer Katze, die genüßlich mit ihrer Beute spielt, und du hast zugebissen, als du wußtest, daß ich mich nicht mehr wehren konnte. Ich danke Gott, daß du nicht gebildeter warst und deshalb die verfeinerten und wissenschaftlichen Methoden des Leidens nicht kanntest. Denn hättest du auch nur im geringsten davon gewußt, hättest du gewiß nicht gezögert, sie anzuwenden. Du hättest Davide und mich mit dem Schauder deiner Mütterlichkeit umfangen, hättest uns geküßt und gleichzeitig deinen Gespenstern zugezwinkert. Ein Vampir, der nur Genuß findet, wenn er den Tod bringt.

Die ewige Hölle über dich, Frau der Vergangenheit. Du warst so dumm, daß du das Schöne an den Verpflichtungen, die du uns gegenüber hättest haben sollen, nicht einmal in Erwägung gezogen hast. Du bist auf dem Grund deiner Seele geblieben, konntest nur dich selbst anbeten. Nur den Samen, aus dem du geboren wurdest. Zur Veränderung unfähig, vom Leben abgeschnitten.

Ich lade dieses letzte Rinderviertel ab, dann sehe ich mir unser Haus an. Ein neues Paar ist eingezogen. Ab und zu fahre ich hin, parke unter dem kleinen Balkon und bleibe ein bißchen da, um zuzuschauen. Sie ist hübsch, hat aschblondes Haar und singt immer vor sich hin, wenn sie hinausgeht, um den Besen zu holen, die Geranien zu gießen oder ein paar Wäschestücke in die Sonne zu hängen. Ihn habe ich nur ein paarmal gesehen, aber er muß ganz sympathisch sein. Eines Nachmittags hielt er mit dem Moped unter dem Balkon an und rief nach ihr. Sie sprachen mit norditalienischem Akzent. Sie lehnte sich auf die Balkonbrüstung, einen Fuß zurückgesetzt, er saß auf dem Moped und hatte die Turnschuhe wie Saugnäpfe auf dem Asphalt aufgepflanzt. Ich habe nicht verstanden, was sie sagten, aber vielleicht war das Gespräch nur ein Vorwand, um sich über die Entfernung zu berühren, so wie die Spatzen, wenn sie im Flug balzen. Jedesmal, wenn ich ihnen zusehe, ertappe ich mich dabei, daß ich ihre Bewegungen nachahme und dabei die Lippen bewege, um ihre Worte nachzusprechen.

Die Zukunft, Laura, stelle ich mir als großen Platz voll

schreiender und lachender Menschen vor. Es werden Männer und Frauen aus allen Teilen der Welt dasein, die ihre Kleidung in New York, in Rom, in Sarajewo, in Jerusalem und in Mogadischu gekauft haben. Menschen jeder Rasse und Herkunft, die sich vermischen und mit Geschichte infizieren. Jeder mit der Geschichte des anderen, infiziert mit Welt. Nur wir beide werden nicht dabeisein, Laura. Wir mit unseren wirren Empfindungen waren nicht fähig, der Gegenwart etwas zu geben, wie dann der Zukunft? Wir sind Auswurf der Vergangenheit, der Gott weiß wie bis hierher gekommen ist. Anders unser Sohn, er wird dabeisein. Ich hoffe, daß er den Platz ganz überquert und daß ein haßerfülltes Dröhnen ihn immer begleitet und ihn nie verläßt, daß er sich aus all der Niedertracht nährt und durch sie wächst. Ich werde ihn so erziehen, wie der Platz und seine Bewohner es wollen. Sie sollen zufrieden mit ihm sein. Er wird nicht aus meinen Fehlern lernen, sondern – zu seinem Glück – aus ihren Greueln, und auf diese Weise wird er die hundert Masken des Opportunismus kennenlernen. Er wird nicht kämpfen, nein. Ich will, daß er wird wie sie, daß er ihre Ziele hat. Ich werde es zulassen, daß er sie mit ihren eigenen Zähnen zerreißt.

ES ist vorbei. Palmieri hat heute eine Stunde lang gesprochen, dauernd unterbrochen von den Protesten und Verwünschungen Italos und der anderen. Ab und zu suchte er mich mit seinem Blick, und ich gab acht, ihm nicht auszuweichen.

»Am Abend, als Laura starb«, so Palmieri, »rief Ida weinend bei Luana an und bat sie, sofort zu ihr zu kommen. Luana ließ alles stehen und liegen und fuhr zur Freundin, doch unterwegs hatte sie eine Panne, und aus Sorge um Ida, die sehr aufgeregt geklungen hatte, stieg sie aus und ging zu Fuß weiter, obwohl es in Strömen regnete. Es gibt zwei Personen, die bezeugen können, daß sie sie gesehen haben.

Ida enthüllte Luana natürlich nicht die ganze Wahrheit. Sie sagte ihr nichts über die inzestuöse Beziehung zwischen Italo und Laura, von der im übrigen nur sie selbst wußte. Sie erzählte ihr nur jene Hälfte, die ihr möglich war. Sie berichtete ihr also, daß sie Gewißheit über das Verhältnis zwischen Italo und Laura hätte und wüßte, daß sie sich an diesem Abend auf dem Boot von Professore Matarasso auf der Isola Sacra trafen. Laura lebte nun schon seit mehreren Wochen bei ihr, und die Mutter wußte von den Verabredungen ihrer

Tochter. Wutentbrannt fuhr Luana sofort los. Sie lieh sich Idas Mantel, weil ihr eigener klatschnaß vom Regen war, ging dann in die Garage hinunter und bat den Besitzer, mit dem sie eine alte Freundschaft verband, ihr seinen Wagen für eine Stunde zu überlassen: einen schwarzen Audi. Was das betrifft, ist es uns nach längerem Drängen schließlich gelungen, das Eingeständnis des Garagenbesitzers zu erhalten, welcher seine erste Aussage widerrufen mußte und zugegeben hat, daß er Signora Luana sein Auto geliehen hat.

Auf der Isola Sacra angekommen, parkte Luana am Hafenbecken, kurz vor dem Holzsteg, der zu den Booten führt. Wir haben die Aussage einer Signora aus Ostia, der ein Boot gehört, das in der Nähe desjenigen des Professors vertäut war. Anhand des Aufklebers eines Campingplatzes in Kalabrien, der am Heckfenster angebracht war, erkannte sie den schwarzen Audi als das große dunkle Auto wieder, das am Abend des Verbrechens in der Nähe des Hafenbekkens stand.

Das, was sich nach der Ankunft von Signora Luana auf dem Boot abgespielt hat, war mir die ganze Zeit etwas unklar. Denn schon nach den ersten Ermittlungen wurde ein Widerspruch offenkundig: Die Leiche wurde zwar auf Deck gefunden, doch in der Kajüte gab es deutliche Hinweise auf die Anwesenheit weiterer Personen außer dem Opfer. Also, fragte ich mich, wenn Luana Laura auf Deck getötet hat, warum ist sie dann nach unten gegangen? Dafür gab es keinen Grund. Anfangs dachte ich deshalb, daß die Frau nur log, um das Verhältnis zwischen ihrem Mann und dem Opfer zu verbergen, und obwohl ich den Verdacht, den ich ihr gegenüber hegte, aufrechterhielt, begann ich anderen Spuren nachzugehen. Die Sache wurde noch verzwickter, als Paolo mir den Mantel seiner Frau brachte, den er in der Wohnung seiner Schwägerin gefunden hatte und der, abgesehen von winzigen Details, mit dem identisch war, den das Opfer trug, als die Leiche gefunden wurde.

Ich brauchte einen Monat, bis ich verstand, was wirklich vorgefallen war. Nachdem ich Dutzende Male die Gutachten gelesen und die Einzelheiten, die ich anfangs übersehen hatte, zusammengefügt hatte, war ich schließlich soweit, daß ich mir ein Bild vom Tathergang machen konnte. Ich kann nicht sagen, daß Luana mit einer Tötungsabsicht dorthinkam, nein. Das kann ich nicht sagen. Doch mit Sicherheit war sie außer sich. Die Reifenspuren, die der Audi in der Erde am Hafenbecken hinterlassen hat, beweisen, daß Luana die Straße mit hoher Geschwindigkeit hinuntergefahren ist und heftig gebremst hat. Die Reifenabdrücke sind an dieser Stelle sehr tief.

Als Luana das Boot betrat, fand sie Laura ohnmächtig auf dem Boden. Wir wissen, daß Paolo sie wenige Minuten zuvor so zurückgelassen und bei seinem Fortgehen gedacht hatte, sie sei tot. Im ersten Moment glaubte auch Luana, daß das Mädchen tot sei. Doch sie dachte, daß Italo sie getötet hatte. Sie wußte nicht, daß ihr Ehemann durch besonders schwierige Verhandlungen beruflich in Neapel festgehalten wurde. Das war ihr großer Irrtum. Hätte sie die Polizei gerufen, wäre Laura jetzt noch am Leben, und der einzige, der sich für das, was er getan hat, hätte rechtfertigen müssen, wäre Paolo gewesen. Doch Luana wollte ihren Mann schützen. Vielleicht dachte sie in jenem Moment, daß Italo Laura aus Liebe zu ihr getötet hatte, um seinem Ehebruch ein Ende zu setzen und ganz zu ihr zurückzukehren.

Also inszenierte sie einen Unfall. Sie packte den leblosen Körper ihrer Nebenbuhlerin und schleifte ihn an Deck. Auf den Treppenstufen, die an Deck führen, sind Haare des Opfers und Fäden eines veilchenblauen Wollkleids gefunden worden, das wir später im Kleiderschrank der Beschuldigten gefunden haben. Allerdings hat Signora Luana bei der Präparierung des Körpers einen kapitalen Fehler begangen, indem sie den Mantel des Opfers mit dem verwechselte, den Signora Ida ihr geliehen hatte. Da es nicht ihr eigener Mantel war, bemerkte sie nicht die kleinen Unterschiede, so wie auch wir sie nicht bemerkt hätten, wenn Paolo uns nicht darauf aufmerksam gemacht hätte.

Nachdem sie oben an Deck angekommen war und sich vergewissert hatte, daß niemand sie sehen konnte, bettete Luana Lauras Körper behutsam auf den Boden. Sie machte sich sogar die Mühe, die Glassplitter von Lauras Armbanduhr unter Deck einzusammeln und mit nach oben zu nehmen, damit es noch mehr nach einer plötzlichen Ohnmacht aussah.

Doch da fing Laura an zu stöhnen. Sie war nicht tot, und als Luana das bemerkte, wurde sie von Panik ergriffen. Was hätte Laura wohl getan, wenn sie wieder zu sich gekommen wäre? Wäre sie zur Polizei gelaufen, um Italo anzuzeigen, den Luana ja für den Schuldigen hielt? Oder hätte sie ihn erpreßt und das Verhältnis fortgesetzt? Luana kann nicht lange darüber nachgedacht haben, denn wenn das Mädchen vollständig das Bewußtsein wiedererlangt hätte, hätte sie mit Sicherheit nicht mehr den Mut gehabt, ihren Plan durchzuführen. Sie handelte aus einem Impuls heraus, hob Laura hoch und schlug ihr die Schläfe mehrmals gegen die Bootsreling. Nur so lassen sich die anderen veilchenblauen Wollfäden erklären, die unter den Achseln des Mantels des Opfers und im Drahtnetz der Reling gefunden wurden. Dann muß sie ihr zugesehen haben, bis Laura schließlich ihr Leben aushauchte. Wir werden es uns berichten lassen, sobald Luana sich von dem Zusammenbruch erholt hat, den sie gleich nach dem Geständnis erlitten hat.«

Italo stürzte sich auf Ida, doch Daniele hielt ihn fest und brachte ihn fort. Ich hörte, wie sich ihm ein gequälter Schrei entrang, der aus seinem Bauch aufzusteigen schien, doch ich konnte nicht sagen, ob es sich um Haß oder um Grauen handelte. Ich blieb nicht länger. Ich öffnete die Tür und ließ sie alle dort zurück.

HEUTE morgen habe ich einen langen Spaziergang mit meinem Sohn gemacht. Davide ritt auf Amico und umklammerte meine Hand mit seiner, um nicht herunterzufallen, und auf diese Weise legten wir ein gutes Stück des Wegs zurück. Als das Haus meiner Eltern schon zu einem unsichtbaren Punkt am Ende der weißen Landstraße geworden war, holte uns Silvana mit dem Auto ein, und gemeinsam setzten wir unseren Spaziergang fort.

Am Ende der Straße angelangt, kehrten wir um und blieben auf einem Stück Wiese hinter einer umzäunten Startbahn stehen. Vor uns verlief schnurgerade ein langer Asphaltstreifen, leuchtend und schwarz, soweit das Auge reichte, und verdampfte schließlich in der Sonne. Davide und Amico spielten Fangen auf der Wiese, rutschten in den Pfützen aus und rauften miteinander. Silvana setzte sich ein wenig abseits im Schneidersitz hin, stumm, in sich verschlossen. Sie wird jeden Tag dicker, und sie wird jeden Tag schöner. Sie ähnelt diesen molligen Familienmammis mit Zellulitis an den Schenkeln und mit Hängebrüsten, die im Sommer am Strand zu enge Badeanzüge anhaben, immer eine Nummer zu klein, und mit treuherziger Unschicklichkeit den Hof einer Brustwarze zur Schau stellen oder ein Büschel widerspenstiger Härchen, das aus dem Slip hervorlugt und sich auf die warme Leiste legt. Sie gefällt mir.

Der Himmel hatte sich zugezogen, alle Geräusche schienen auf einmal viel näher zu sein. In der Ferne sah man das Haus meiner Eltern, aus dem Schornstein stieg der Rauch senkrecht in das Weiß des Himmels. Ich hatte kurz die Augen geschlossen, als sich Davide auf mich stürzte und lachend meinen Hals umklammerte, um Schutz zu suchen. Amico blieb hechelnd neben mir stehen, schüttelte sein triefendes Fell und machte dabei mein Gesicht ganz naß. Da packte Davide seine Schnauze, schüttelte sie und flüchtete sich wieder zu mir. Der Hund gab ein lautes zufriedenes Bellen von sich und begann wieder über die Wiese zu traben, mit geducktem Hinterleib wartete er darauf, daß das Kind ihm nachsetzen würde. Doch Davide preßte sein Gesicht gegen meine Brust und sah ihm zu, ohne sich zu rühren. Ja, er machte es sich noch gemütlicher, legte sich bäuchlings auf mich, umarmte mich fest und machte fast Anstalten einzuschlafen. Der Himmel war noch grauer geworden und lastete mit seiner immer schwereren Regenfracht auf der Wiese.

»Papa, wann kommt Mamma wieder?« Und dann begann er wieder zu weinen. Das passiert in letzter Zeit immer öfter. Wir hatten ihm vom ersten Tag an das gesagt, was man den Kindern in solchen Fällen immer sagt: daß Laura krank war und im Krankenhaus lag, aber bald zurückkommen würde, sehr bald. Eine Zeitlang hatte er sich damit abgefunden, aber seit kurzem werden seine

Fragen immer drängender. Früher oder später muß ich es ihm sagen. Oder eine neue Lüge erfinden.

Ich spürte, wie seine Tränen an meinem Hals herunterliefen. Er schluchzte heftig. Ich ließ ihn weinen, ich versuchte nicht, ihn zu beruhigen, sondern drückte ihn nur ganz fest an mich. Bis er schließlich erschöpft einschlief.

Ich weiß nicht, wie lange wir so dalagen, er auf mir, während ich in den Abend starrte, der sich allmählich herabsenkte. Amico, der zunächst die wenigen Augenblicke der Freiheit genutzt hatte, um im Gras und an den Gittermasten herumzuschnüffeln, hatte nun ebenfalls die seltsame Atmosphäre gewittert und sich neben uns zusammengerollt.

Silvana brachte uns mit dem Auto nach Hause und fuhr dann ohne einen Gruß davon. Sicher kommt sie morgen wieder. Vorsichtig, um ihn nicht zu wecken, zog ich Davide aus und legte ihn ins Bett. Sein Gesicht war schmutzig, die Tränen hatten zwei lange ausgetrocknete Rinnsale auf die staubigen Wangen gezeichnet, und im Schlaf hatte der Schweiß seine Haare auf der Stirn zu einem widerspenstigen feuchten Büschel verklebt. Er roch nach Hund.